KB102018

조선의 봄

매검향 장편소설

FUSION FANTASTIC STORY

조선의 봄 7

매검향 장편소설

초판 1쇄 찍은 날 § 2017년 7월 17일
초판 1쇄 펴낸 날 § 2017년 7월 24일

지은이 § 매검향
펴낸이 § 서경석

편집책임 § 이선근
편집 § 김슬기

펴낸곳 § 도서출판 청어람
등록번호 § 제387-1999-000006호
등록일자 § 1999. 5. 31
어람번호 § 제1-2730호

주소 § 경기도 부천시 부일로 483번길 40 서경B/D 3F (우) 14640
전화 § 032-656-4452 팩스 § 032-656-4453
http://www.chungeoram.com
E-mail § chungeorambook@daum.net

ISBN 979-11-04-91393-8 04810
ISBN 979-11-04-91219-1 (세트)

조선의 봄

7

매검향 장편소설

FUSION FANTASTIC STORY

도서출판 청어람

조선의 봄

목차

C O N T E N T S

제1장
비원(悲願)

월남 대신 하나가 찾아와 한 이야기는 이원희가 생각하기에는 너무 황당한 것이었다. 다낭의 영불 연합군도 퇴치해 주었으면 하는 바람을 전한 것이다. 이에 이원희가 격한 어조를 쏟아냈다.

"그 정도도 처리하지 못할 것 같으면 나라를 유지할 자격도 없다."

이에 그 대신은 얼굴을 붉혔다. 그러고도 또 낯 뜨거운 청을 했다.

양국 교전 중에 나포하게 된 영국과 불란선의 전선을 양여
할 수 없냐는 것이었다.

이에 이원희는 생각할 것도 없이 즉답했다. 그것은 목숨을
걸고 싸워 쟁취한 것이라 불가하다고. 이에 월남 대신은 낯을
두 손으로 가리고 돌아갔다.

기분이 상한 이원희는 곧 황궁에 귀국하겠다는 통보를 하
고 그 길로 곧장 귀국 길에 올랐다.

물론 그가 공언한 대로 포로와 포획한 전선 모두를 대한제
국으로 함께 데리고 가는 길이다. 그렇게 해서 7일 만에 다시
대한제국으로 돌아온 이원희는 포로와 나포한 적선에 대한
처분 권한을 내각에 일임하고 본연의 자세로 돌아갔다.

이런 속에서도 북방에서의 기다림은 계속되고 있었다. 그러
나 그 기다림도 끝나는 날이 왔다.

＊　　　　＊　　　　＊

4월 15일.

이날도 날씨는 별로 좋지 않았다. 북방에 봄이 찾아오자 얼
었던 빙설이 녹아 대양(大洋) 같은 아무르강물의 수위가 더 높
아진 가운데 아침부터 보슬비가 부슬부슬 내리고 있었다.

이런 날씨 속에도 아무르강 좌안에 조성된 대한제국 육군의 전진기지는 여일한 일상을 보내고 있었다.

56년 9월 달에 징집되어 이제 제대까지는 채 5개월이 남지 않은 병장 장성기(張成基)는 여느 날과 다름없이 오전 6시 요란한 종소리에 일어나 아침점호를 마치고 7시가 되자 식사를 했다.

그리고 8시가 되자 시작된 일과에 따라 마무리에 접어든 교통호를 파러 소대원들과 함께 작업 장소로 이동했다. 현장에 도착하자 그는 말년이라 여유 부리며 반은 놀고 반은 파는 시늉을 하다 보니 어언 50분이 훌쩍 지나 10분의 휴식 시간이 주어졌다.

이에 장성기는 군에서 이틀에 한 번 지급해 주는 화랑 담배 한 개비를 빼어 입에 물었다. 그리고 휴대한 성냥을 꺼내 담배에 불을 붙였다.

한 모금 깊게 빨아들인 그는 말년에 갑자기 이게 웬 고생인가 하는 생각이 들었다.

한 달 전까지만 해도 해삼위 부대에서 편한 생활을 했다. 그런데 갑자기 한밤중에 비상이 걸려 완전군장에 실탄까지 지급받고 열차에 실리는 몸이 되었다. 그리고 그가 최종 도착한 곳은 대한제국의 최북단 도시인 '비원(悲願)'이라는 곳이었다.

전에 하바롭스크라 불리던 도시였다. 명칭이 하도 이상해 사범대학을 나온 졸병에게 물어보니 '꼭 이루고자 하는 비장한 염원이나 소원'이라는 뜻으로, 총리 각하의 지시로 개명되었다고 했다.

아무튼 자신에게 고생문이 열리기 시작한 것이 이때부터였다.

이곳에 주둔하는가 싶었는데 다음날 바로 기선에 실려 아무르강을 건넜다. 그리고 이날부터 좌안에서 멀지 않은 대지에 막사를 짓고, 포진지를 건설하고, 참호를 파는 등 연일 공사가 이어졌다.

그래도 다행인 것은 계속해서 전방으로 투입되었던 병사들이 합류해 공사를 거든다는 것이다.

이렇게 보낸 나날이 어언 근 한 달.

낮에는 낮대로 공사를 하고 밤에는 밤대로 갑자기 비상이 걸려 야간 경계 중에도 꾸벅꾸벅 조는 날이 많아진 요즈음이다.

장성기가 이렇게 생각을 길게 하다 보니 담배 스스로 제 몸을 태워 어느덧 손가락이 뜨거워지고 있었다.

"앗, 뜨거!"

고함을 지르며 자리에서 벌떡 일어서는데 갑자기 전방에서 요란한 총성이 들려왔다.

땡땡땡!

때맞추어 난타다 싶은 종소리가 계속해서 울려 퍼지며 곳곳에서 '비상!' 소리가 터져 나왔다.

그러자 자신의 소대장과 분대장도 덩달아 비상을 외치며 공사 중에도 휴대하고 다니는 총기를 집어 들었다. 그리고 각 개인에게 지급된 막대 수류탄 두 발을 챙기는 것 같더니 소대장이 외쳤다.

"진지 투입!"

"진지 투입!"

진지 투입이라야 별것 없었다. 이웃 중대와 채 연결되지 못한 교통호에 뛰어들어 자신이 파놓은 참호로 가면 그만이었다.

"이번에는 진짜인가 본데?"

자신도 모르게 중얼거리며 교통호로 뛰어들어 자신의 참호를 찾아가는데 마주치는 졸병마다 안색이 창백했다. 다른 때 같았으면 벌써 '해제!' 소리가 나왔어야 하는데 오늘은 달랐기 때문이다.

아무튼 그런 그들을 볼 때마다 장성기는 고참이랍시고 그들의 등을 툭 치며 한마디 위안의 말을 뱉었다.

"에, 인마, 한 번 죽지, 두 번 죽어?"

그 말이 그들에게 위안이 될 리는 없었다. '이건 진짜 전쟁이다'라는 생각이 들었다.

그러니 자신부터 벌써 다리가 후들거리고 요의가 느껴지는데 그들은 오죽하겠는가.

아무튼 자신의 참호로 달려온 장성기가 채 호흡을 가다듬기도 전에 소대장의 외침이 들려왔다.

"전투 준비!"

그를 따라 분대장의 외침도 들려왔다.

"전투 준비!"

그러자 곳곳에서 악을 쓰며 답하는 소리가 들려왔다.

"전투 준비!"

긴장된 이 순간에는 무슨 소리라도 지르고 싶은 충동을 그들이 채워준 것이다.

성기 또한 예외일 수 없어서 함께 소리를 지르고 전방을 주시했다.

곧 본격적인 교전이 벌어지는지 총성이 끊임없이 들려왔다. 때로는 수류탄의 폭발음까지도 들려왔다.

"우와, 이제 진짜 전쟁이로구나! 살 수 있을까?"

자신도 모르게 중얼거리고 나니 더욱 공포감이 엄습해 왔다. 요의가 더 심하게 느껴졌다.

심지어 변도 마려워지는 느낌이었다.

그러나 구릉을 넘어오는 앞의 적을 보는 순간 그 모든 것이

저 우주 너머로 사라졌다.

자신도 모르게 총에 잔뜩 힘을 주고 가늠자에 눈을 대었
다. 그리고 방아쇠에 손가락을 걸었다. 최신 소총이라 자동과
반자동으로 구분되어 있었지만 그것을 생각해 낼 여유조차
없었다.

"와아!"

죽음이 두려워서인지 적들은 대거 함성을 지르며 무턱대고
아군 진지를 향해 달려왔다. 그때였다.

갑자기 은은한 뇌성이 우는 것 같더니 전방에 불꽃이 작렬
하기 시작했다.

쾅! 쾅! 쾅!

콰콰콰! 쾅쾅쾅!

수백 발의 포탄이 돌격해 오는 적 한가운데서 대폭발을 일
으켰다.

동시에 사거리 밖이건만 총을 쏘며 응전하는 놈도 있었
다.

이것이 신호가 되어 사격 명령이 떨어지기도 전에 너도 나
도 총탄을 퍼붓기 시작했다. 성기도 예외 없이 이 대열에 동참
했다.

그런 속에서 다시 한번 새까맣게 몰려오는 적들을 향해 포
탄이 쏟아져 내리는 것 같더니 대폭발을 일으켰다. 포병만은

그래도 통제에 맞추어 사격을 하는 모양이다.

눈앞으로 적이 점점 더 가까이 다가오고 있었다. 가쁜 호흡과 충혈된 눈은 이미 가늠자에서 떼어진 지 오래였다. 40장 밖의 적을 향해 무조건 방아쇠를 당겼다. 그러다 보니 어느 순간 실탄이 발사되지 않는 것을 느꼈다.

이에 성기는 부랴부랴 최신형 30발들이 탄창을 갈아 끼웠다.

손이 부들부들 떨려 탄창을 갈아 끼우는 데도 상당한 시간이 걸렸다. 그 바람에 선두의 적은 이제 30장 가까이 접근해 있었다.

"침착하자. 침착하자."

자신도 모르게 중얼거리며 성기는 제일 앞의 적을 향해 또다시 자동으로 놓고 갈겼다. 이번에는 제대로 조준이 되었는지 눈앞의 적이 떼 지어 쓰러지는 것이 보였다.

이에 좀 더 자신감을 회복한 성기는 탄환이 떨어진 것을 알아채고 다시 탄창을 교환하며 중얼거렸다.

"안 되겠는데. 이제 세 개의 탄창밖에 남지 않았잖아. 반자동으로 놓고 갈겨야겠다."

혼자 중얼거리는데 또 한 번 대거 폭발음이 터지며 무수한 적이 죽어나갔다.

그 모습에 자신도 모르게 환호하며 전방을 주시하니 적의 숫자가 현격히 줄어든 것을 알 수 있었다.

더욱 사기충천한 성기는 이제 가늠자에 눈을 대고 배운 대로 조준 사격을 했다.

탕!

그러나 불발이었다. 그래서 이번에는 연속해서 발사했다.

탕! 탕!

적이 정통으로 맞아 앞으로 고꾸라지는 게 보였다. 신이 났다. 자신감이 더욱 고양되었다.

그러나 선두의 적은 벌써 20장.

마음이 급해졌다. 성기는 다시 자동으로 놓고 그대로 갈겨 버렸다. 많은 적이 또 떼죽음을 당했다.

탄창을 갈아 끼웠다. 이제 남은 탄창은 하나. 전쟁에서의 실탄은 곧 생명이다.

성기는 한결 침착해진 표정으로 다가오는 적을 향해 조준 사격을 했다.

탕!

한 놈이 쓰러졌다. 그래도 많은 적이 계속해서 아군 진지를 향해 달려왔다. 그러자 거리는 더욱 가까워져 10장 남짓, 이때였다.

쾅, 콰쾅!

누가 던졌는지 모르지만 수류탄이 폭발해 주변을 휩쓸었다.

"아, 수류탄이 있었지!"

성기도 수류탄을 찾아 급히 성냥으로 도화선에 불을 붙였다. 그러고는 더 볼 것도 없이 눈앞의 적을 향해 힘껏 던지고 그 자리에 주저앉았다.

쾅!

폭발음에 성기는 용기를 내어 들킬세라 조용히 일어나 전방을 살폈다.

전방에 작은 구덩이가 파여 있었고, 달려들던 적은 보이지 않았다. 단지 좌측 졸병 참호로 달려드는 놈 하나만 보일 뿐이다.

"승리다, 승리!"

승리를 확신한 성기는 한결 침착한 눈으로 졸병의 참호를 향해 달려드는 놈을 정조준하고 방아쇠를 당겼다.

탕!

"으악!"

적이 무슨 만세라도 부르듯 양팔을 허우적거리더니 끝내는 피거품을 물고 쓰러졌다.

"휴우……!"

긴 한숨을 내쉬는 성기 앞은 물론 자신의 소대 앞 전체를 둘러봐도 거의 적이 눈에 띄지 않았다. 간혹 한두 놈 소대 앞까지 포복해 오는 놈이 있었으나 누가 쏘는 총에 맞아 죽는지도 모르고 황천행 열차에 탑승하고 있었다.

눈앞에 적이 보이지 않자 성기는 긴장이 확 풀려 서 있을 힘조차 없었다. 그대로 무너지듯 주저앉은 성기는 무언가 찜 찜함을 느꼈다.

그리고 보니 신은 전투화에 물이 잔뜩 고여 있다. 와락 인 상을 구기며 일어나 바지를 만져보니 아니나 다를까, 바지까 지 축축했다.

창피했다. 이 사실을 졸병들이 몰랐으면 하는 생각으로 성 기는 자신도 모르게 교통호로 눈길을 돌렸다.

*   *   *

대한제국과 러시아의 전쟁은 대한제국의 대승으로 끝났다. 미리 세워둔 작전이 주효했다.

아무르강 너머로 투입되었던 2개 군단 2만 2천 명 중 초전 에 적의 기습으로 떼죽음을 당한 1개 여단 1천 1백을 제외하 고는 모두 철수 명령에 따라 이곳 아무르강 진지로 철수를 단 행했다.

그리고 해삼위 1개 군단이 투입되어 진지 공사를 하며 적이 오길 끈질기게 기다렸다.

적들로서도 아무르강까지는 진격해야 목적을 달성하는 것

이므로 끝내 적들이 나타난 것이다.

이후 진행된 전투 결과는 적 사살 및 중상자가 3만 2천 명, 포로가 1만 3천 명, 5천 명 정도는 달아난 것으로 파악되었다. 이에 비해 아군은 1천 2백 명만 사망 및 중경상을 당했다.

이런 대승을 거둘 수 있던 데는 300문에 이르는 대포가 초전에 적을 대거 박살 냈고, 드라이제 내지 조총으로 무장한 적에 비해 압도적인 개인화기 성능과 수류탄으로 인해 더 많은 적을 살상할 수 있었다. 여기에 사전에 파놓은 참호 및 각종 진지가 아군의 노출을 최소화해 더더욱 아군의 희생을 줄일 수 있었다.

이제 작은 키로 땅을 기기 시작하는 이름 모를 식물들이 지천인 동토이자 사수한 아군의 영토로 진주하는 일만 남았다.

육군이 러시아군의 남진을 기다리는 동안에도 영국 특사 엘긴과 프랑스 측 그로스는 외무대신 집무실을 쥐 제 집 드나들 듯 드나들었다.

자국군의 철수에도 무슨 이유에서인지 홍콩에 남아 있던 이들이 자국군의 패전 소식을 듣고 조선을 찾아든 것은 3월의 끝자락.

그때부터 포로와 전함을 돌려받기 위해 외무대신은 물론

총리에게까지 면담 요청을 했으나 병호는 아예 그들을 접견조차 하지 않고 있었다.

그러니 그들이 만날 수 있는 최대 선인 외무대신에게만 매일 찾아와 하소연을 하고 있는 것이다.

그러나 영국과 프랑스군의 아시아에서의 완전 철수, 전쟁배상금 800만 냥 지불 등 그들로 보면 터무니없는 주장으로 이상적이 일관하니 그 조건을 최대한 경감시키기 위해 매일 찾아와 하소연을 하나 이상적의 자세는 요지부동이었다.

그런 속에서 그들이 한 가닥 기대를 걸고 있던 러시아 육군마저 대한제국군에 참패했다는 소식은 이들을 더욱 궁지로 몰아넣고 있었다.

여기에 러시아 측마저 1만 3천 명에 이르는 자국 포로들을 돌려받기 위해 협상 대열에 참가했다.

러시아 대사 푸탸틴 또한 외무대신을 통해 총리와의 면담을 요청했는데 의외로 총리가 면담에 응하겠다는 말을 이상적에게 전해 듣고는 놀라 마지않았다. 동병상련의 처지인 영국, 프랑스 측과 상호 정보를 교환하고 있어 일찍 협상에 나선 그들조차 아직 총리 면담을 성사시키지 못하고 있는데 자신들은 받아들여졌기 때문이다.

아무튼 푸탸틴은 이상적과 함께 총리 집무실로 찾아들어 깍듯이 예를 표했다.

"안녕하십니까, 각하?"

"거 앉아요."

의외로 담담한 표정으로 답하며 소파에 앉기를 권하는 총리를 보는 푸탸틴으로서는 내심 곤혹스러움을 금치 못하며 이상적과 마주 보고 자리를 잡았다. 그러자 자신의 책상에 점잖게 앉아 있던 병호가 차를 주문하며 푸탸틴에게 말했다.

"할 말 있으면 하시오."

"스타노보이산맥 이하의 땅을 대한제국의 영토로 인정하겠습니다. 따라서 금번에 포로가 된 아국 군에 대한 무조건의 선처를 바랍니다, 각하!"

그의 빼도 박도 못할 이 한마디에 의해 21세기까지도 처녀지나 다름없이 미개발 상태로 남아 있던, 무진장한 산림자원을 포함하여 풍부하게 매장되어 있는 금, 석탄, 수은, 운모 등의 천연자원도 외교사적으로 공인된 완전 대한제국의 영토가 되는 순간이었다.

그러나 금번 그들과의 전쟁을 통해 아국이 확실히 실효적으로 지배할 수 있는 그 땅에 대해 그런 그들의 말 같지도 않은 말에 병호가 푸탸틴을 다그쳤다.

"그 무슨 말 같지 않은 소리요? 하고 그 말이 아국에 통할 것이라 생각한 것은 아니겠지요?"

"그……."

얼버무리는 푸탸틴을 보고 병호가 다시 말했다.

"진전된 안을 제시해 보시오."

"그 외에는 훈령받은 것이 없어 더 이상 드릴 말씀이 없습니다, 각하!"

"허허, 그러고도 염치 좋게 나와의 면담을 요청하다니……."

싸늘한 표정으로 돌변하는 총리를 보는 순간 푸탸틴 또한 가슴이 서늘해지는 것을 금치 못했다. 그런 그가 내심 전전긍긍하고 있는데 돌연 병호가 은은한 미소를 띠고 한 가지 제안을 했다.

"정 그렇다면 아국이 먼저 제안을 하리다. 1만 3천의 포로를 돌려주는 대가로 아국은 러시아로서는 전혀 쓸모없는 땅 한 자락을 요구하오."

"그곳이 어디입니까, 각하?"

푸탸틴이 급히 달려들었다.

"알래스카!"

"네? 아, 최북 동단의 버려진 땅?"

"그곳이야말로 러시아에서 봐도 거리가 너무 멀고 오직 빙설 천지로 거의 쓸모없는 땅 아니오?"

"그건 맞습니다만 본국에서는 어떻게 생각할지 모르겠습

니다."

"그러니 대사께서는 본국과 협의하여 그 땅을 대한제국에 양도하는 것으로 본 협상을 끝냅시다. 아니면 더 조건이 까다로워질 수 있으니 그건 알아서 하시오. 대사도 알다시피 영국과 프랑스에 비하면 그렇게 심한 조건은 아닐 것이오."

"그건 그렇습니다만……."

이때 커피가 들어왔다. 푸탸틴의 기호는 전혀 묻지 않은 일방적인 차 대접이었다.

하지만 푸탸틴으로서는 그런 걸 따질 처지도 아니었고 그럴 생각도 없었다.

"듭시다."

"감사합니다, 각하!"

총리의 권유에 별로 커피를 좋아하지 않는 푸탸틴이었지만 얼른 감사를 표하고 마실 수밖에 없었다.

커피를 다 마신 병호가 아직도 반밖에 마시지 못한 푸탸틴을 향해 말했다.

"오늘은 여기서 대화를 끝내는 게 좋겠군요. 본국의 훈령을 기다리는 것 외에는 더 이상 할 말도 없지 않습니까?"

"그, 그건 그렇습니다, 각하!"

"그만 나가보시오."

"네, 각하!"

곧 이상적을 포함해 두 사람이 자리를 떴다.

*　　　*　　　*

그로부터 한 달여가 흐른 5월 20일.

지금까지도 영국과 프랑스와는 협상에 아무런 진척이 없는 가운데 러시아에서 돌연 특사 한 명이 파견되어 왔다.

이그나티예프(N.P. Ignatiev)라는 인물이었다.

그를 면담한 병호로서는 내심 크게 기뻐하면서도 어딘가 손해를 본 듯한 느낌도 들어 기분이 묘했다. 러시아 특사가 대한제국이 제시한 알래스카와 포로의 맞교환을 승낙했기 때문이다.

역사적으로 알래스카는 지금으로부터 9년 후인 1867년 미국의 국무장관 윌리엄 수어드(William Henry Seward)와 러시아 정부와의 협상 결과로 미국이 이 빙토를 720만 달러에 사들인다.

그러니까 대한제국이 지금 교섭을 한다 해도 그 조건에 구입할 수 있는 것이 거의 확실하다. 그런 것을 포로를 교환한다는 조건으로 공짜나 다름없이 획득했지만 무언가 찜찜함은 남아 있었다.

그것은 720만 달러에 포로를 교환한 꼴이 되었기 때문이다. 아무튼 참고로 이 당시 달러와 대한제국의 주축 통화인 상평통보 1냥은 2 : 1로 맞교환되고 있었다.

한마디로 조선 화폐 2냥을 주어야 1달러로 바꿀 수 있는 것이다.

또 은 1냥은 상평통보 2냥의 가치가 있었다. 옛날에는 4냥을 주어야 은 1냥을 교환할 수 있었고, 그것이 쌀 한 섬 값이기도 했다.

그러니까 조선에 은이 그만큼 풍부해졌다는 것이고 쌀값도 그만큼 떨어졌다는 뜻이다.

아직은 해외에서 수입해 오는 쌀 덕분이지만 머지않아 조선의 전 국토에 수확량이 많고 밥맛마저 좋은 신품종 벼가 재배되기 시작한다면 쌀값은 더욱 떨어질 것이다.

아무튼 대한제국의 위상이 그 정도밖에 안 되느냐고 혹자는 실망할지 모르겠지만 이 정도면 정말 놀라운 변화라고밖에 할 수가 없다.

대한제국의 경제력이 급팽창하지 않았으면 이마저도 어림없는 일이었다.

19세기 조선 화폐와 달러의 교환 비율은 얼마나 될까? 그것을 증명하는 자료가 남아 있다.

그 유명한 언더우드 선교사의 부인 릴리어스가 저술한 '조선견문록'에 의하면 미국 1달러를 조선 돈 2,500냥 내지 3,000냥에 교환할 수 있었다고 한다. 그것을 증명하는 사진도 남아 있다.

19세기 말 어느 미국 신문기자가 조선에 와서 생활비를 마련하기 위해 150달러를 조선 화폐와 맞바꾼 사진이 남아 있는데, 그 사진으로 보면 새끼줄에 꿴 엽전의 부피가 어림잡아도 두 소쿠리는 될 정도로 엄청난 부피였다. 그러니 조선견문록이 거짓이라고 볼 수도 없었다.

물론 지금의 달러와 19세기의 달러를 단순 비교할 수는 없다. 그렇지만 대략 지금의 달러보다 그 당시의 달러가 30배 정도 더 가치가 있을 것이라 추정되고 있다. 미국 역시 곧 금본위제를 택하기 때문에 1달러만큼 금과 교환할 수 있는 신용도가 있기 때문일 것이다.

이런 사실로 보아도 대한제국의 경제가 더욱 발전되어야 할 것은 자명했다. 어찌 되었든 알래스카를 포로 교환 조건으로 얻은 것은 엄청난 가치가 아닐 수 없었다.

알래스카는 알류트(Aleut)어로 '거대한 땅'을 의미하는 인디언 말이다. 북위 60°~70°에 위치한 알래스카는 이름에 걸맞게 미국 면적의 약 1/5이나 된다. 153만 694㎢로 자그마치 한반도의 7배 넓이이다.

이 광대한 면적도 면적이지만 그곳에 매장되어 있는 엄청난 양의 천연가스와 석유, 여타 광물자원 및 산림자원, 여기에 천

혜의 관광자원 등 그 생태적 가치를 어찌 돈으로 환산할 수 있겠는가!

러시아가 두고두고 땅을 치며 후회할 일을 한 것이다. 아무튼 이 협상안이 문서로 정식으로 공식화되자마자 병호는 이용희 국방 부대신을 자신의 집무실로 불러들였다.

그리고 한 곳을 콕 집어 군의 주요 주둔지로 하라 지시했다.

그곳이 어디냐 하면 지금의 알래스카 최대 도시인 앵커리지이다.

앵커리지는 숲이 많고 경치가 아름다우며 겨울에도 비교적 따뜻해서 일본의 홋카이도 지방과 비슷하다.

그리고 온화한 봄, 시원한 여름, 쌀쌀한 가을, 추운 겨울로 나뉘는 사계절이 있다. 다만 겨울과 여름이 길고 봄과 가을이 짧다.

여름은 매년 6월부터 9월까지이고 겨울은 12월부터 이듬해 3월까지이다. 10월과 11월은 가을이고 4월과 5월이 봄이다.

알래스카라고 하면 에스키모, 이글루, 알래스칸 맬러뮤트, 빙하, 오로라, 백야, 연어, 툰드라, 원유, 수상 비행기, 호수, 매킨리 봉(6,194m) 등의 단어가 떠오를 것이다. 그리고 1년 내내 눈으로 덮여 있을 것이라 생각할 것이다. 하지만 앵커리지와 같은 곳도 있었다.

그런 곳에 병호는 2개 여단 2,200명만 파견하도록 했다. 그것도 추위에 단련된 북해도 아군 해병 1개 여단과 금번에 신규 징집되어 훈련을 마친 원주민의 군대 1만 3천여 명 중 1개 여단 1,100명을 선발해 앵커리지에만 주둔토록 한 것이다.

이는 그들 원주민을 다스리지 않아도 좋다는 뜻이다. 그곳만 상징적으로 지배하고 있으면 된다. 그래야 미래 대한제국의 훌륭한 자원이 되어 우리나라가 발전하는 데 크게 기여할 것이다.

아무튼 병호가 이렇게 소수의(?) 병력만 주둔시키기로 결정한 것은 군자로서의 복수가 남아 있기 때문에 더 이상은 가용 병력이 없다고 판단한 것이 결정적 요인이었다.

병호는 청국과 러시아가 짜고 스타노보이산맥 이남의 땅을 가지고 장난을 친 것에 대해 천지를 태울 듯한 분노를 느꼈지만, 단순히 러시아군을 격퇴하고 알래스카의 땅을 얻는 것으로 만족한 것은 좀 더 때를 기다리고 있기 때문이었다.

군자의 복수는 10년을 기다려도 늦지 않다고, 단순히 일시적으로 분노를 표출했다가 금방 식는 것이 아니라 그 분노를 마음속 깊이 간직했다가 때가 되면 몇 천만 배로 강력하게 표출하기 위함이었다.

아무튼 러시아와는 쉽게 타결된 포로 교환 협상이 교착상태에 빠지자 영국과 프랑스에서는 엘긴과 그로스를 철수시키고 새로운 인물들을 파견해 왔다. 즉, 영국에서는 북경에 주둔 중이던 공사 브루스(F. Bruce)를, 프랑스 역시 북경에 주둔 중이던 공사 부르블롱(A. de Bourboulon)을 전권대사로 파견해 돌파구를 모색해 온 것이다.

이에 무슨 생각인지 병호는 이상적을 불러 대폭 양보할 것을 지시했다. 즉, 양국의 아시아에서의 철수라는 조건도 철회하고 단지 전쟁배상금으로 양국이 각각 은 200만 냥, 도합 400만 냥을 지불하는 조건으로 포로와 전선까지 돌려보내라 한 것이다.

이에 의아함을 느낀 이상적이 너무 양보하는 것이 아니냐고 물었지만 병호는 단지 빙그레 웃는 것으로 답했다.

그래도 이상적으로서는 원체 알 수 없는 사람이라 무슨 복안이 있으리라 생각하고 총리의 지시대로 그대로 집행했다.

이렇게 대한제국 본토에서 여러 사건이 일어나는 동안 수마트라에서도 큰 사건이 벌어지고 있었다. 즉, 아체족에 대한 대대적인 토벌이 그것이다.

이 토벌전에는 자체적으로 양성된 수마트라 본토인 군대 15만에 대한제국에서 파견된 1만 3천의 해병, 여기에 80척의 전함이 동원되어 병력을 실어 나르고 전투에 참여하고 있었다.

실로 대단한 군세에 혹자는 소 잡는 칼로 닭을 잡으려 드는 것이 아니냐고 의문을 가질 수 있겠지만 총독 고민석과 신헌, 어재연 등이 이런 결정을 내린 데는 다 그만한 이유가 있었다.

그러자면 아체(Atieh)족에 대해 자세히 언급하지 않을 수 없다.

아체족은 수마트라섬 북부에 거주하는 혼혈 민족으로 자체 파악된 현재의 인구는 약 43만 명이었다.

이 민족은 중국에도 전한(前漢)시대부터 황지(黃支)라고 알려져 왔다.

자바인, 말레이인, 인도인, 아라비아인, 니아스인 등과의 복잡한 혼혈 민족이다. 말뚝 위에 지은 가옥에 살고, 폭 넓은 바지 위에 무릎까지 오는 요포(腰布)를 두르며, 연안 지방에서는 상의를 입는다. 본래 농경민이지만 연안에서는 어업에 종사하기도 한다.

17세기 전반의 이스칸다르 무다왕 때에는 말라카 해협의 해상권을 장악하고 수마트라 전토를 지배하여 전성기에 이르렀다.

대한제국의 통치를 받은 후에도 꾸준히 반항하여 아국 군을 괴롭혀 왔다.

그러다 결정적으로 인성룡 총독을 살해하는 극단적인 일까지 벌어진 것이다. 종교는 광신적 이슬람교지만 애니미즘(有靈觀)이나 무술(巫術)도 행하여지고 있었다. 혼인은 초서혼(招婿婚: 데릴사위)이다.

이런 그들의 인구 43만 명. 그 인구 중 무기를 들 수 있는 힘이 있는 자라면 남녀를 불문하고 모두 전사가 될 것이 확실하기 때문에 대병력을 동원하지 않을 수 없던 것이다. 물론 여기에는 외부로 발설할 수 없는 다른 한 요소도 있었다.

아무튼 이런 속에서 양 진영 간의 피 튀는 건곤일척의 승부가 바야흐로 펼쳐지려 하고 있었다. 그중에서도 이들의 중심 도시인 아체항은 저들 병력이 밀집되어 있어 아군도 2개 대단위 부대를 투입하고 있었다.

남녀노소를 불문하고 무기를 들 수 있는 자들, 아니, 걸어다닐 수 있는 자들은 모두 집결해 있었기 때문이다. 그 인원이 자그마치 15만 명이었다. 이런 그들에 대항해 아군도 남부의 람폰족과 힌두교를 숭상하는 중부의 미낭카바우족 각각 2만 5천, 도합 5만 명의 대군세를 투입해 진압에 나서고 있었다.

이들의 지휘관으로는 신헌이 40척의 전함과 함께 참전하고 있었다. 5만 대 15만이라 하나 애초부터 무기를 보면 어른 대 아이의 싸움과 같았다.

해병을 제외한 아군은 모두 대한제국 상선에 의해 수송된 드라이제 소총으로 무장하고 있는 데 비해 저들은 일부가 창칼이나 활로 무장하고 있으나 대부분은 돌이나 죽창, 또는 농기구를 든 자들이었다.

이런 그들을 맞아 아군은 항구 쪽에 단단히 웅크리고 있었다. 이에 저들은 더욱 용기백배하여 천천히 아군 쪽으로 몰려들고 있었다.

그럴수록 아군은 슬금슬금 바닷가 쪽으로 후퇴하며 저들의 용기를 더욱 북돋아주었다.

그러다 아군이 더 밀릴 수 없는 바닷가 끝까지 밀리자 저들은 대규모 함성을 지르며 아군을 향해 돌진해 왔다.

그때였다. 아군 전함 40척에서 일제히 불이 번쩍번쩍하는 것 같더니 하늘이 찢어지고 땅이 뒤집히는 듯한 굉음이 터져나왔다.

쾅! 쾅! 쾅!

콰르르! 쾅! 쾅! 쾅!

천지번복의 굉음과 함께 수백 발의 포탄이 일시에 저들의 머리 위로 쏟아져 내렸다. 주변 일대가 아비규환의 난장판으로 변하는 것은 순식간의 일이었다. 시신이 찢기고 터져 나가는 것도 모자라 포탄이 폭발한 곳은 거대한 웅덩이까지 생겨 났다.

이에 놀란 아이들과 아녀자들이 울부짖으며 천지 사방으로 달아나자 저들 진영은 일시에 무너져 내렸다.

종족 전체를 무장시킨다는 것은 애초부터 터무니없는 일이 었다.

아이들과 아녀자들은 대부분 손에 돌을 들고 있었다. 그런 그들이 일차적으로 포성에 놀라 반쯤 혼이 나갔을 때는 이미 머리 위에서 포탄이 쏟아져 내리고 있는 순간이었다.

곧 저들이 지금껏 볼 수 없던 하늘의 재앙이 내리고 놀란 무리는 갈까마귀 떼 흩어지듯 사방으로 달아나니 심지어 아 군 쪽으로 도망치다 놀라 뒷걸음치는 진풍경이 연출되기도 했 다.

이러니 대오는 일시에 붕괴되고 무리는 일시에 통제 불능의 상태에 빠졌다. 그런 그들을 향해 5만 대군이 일시에 내달리 며 소리쳤다.

"항복하라! 항복하는 자는 살려준다!"

"항복하라! 항복하는 자는 살려준다!"

거듭되는 외침에도 달아나는 자들에게는 주저 없이 사격이 가해졌다.

타다다다, 탕탕탕!

곧 허리에 천 조각 하나 둘러 간신히 치부를 가린, 남녀 할 것 없이 총세례를 받은 자들은 영화의 한 장면처럼 허우적거리다 쓰러지고 주변은 일시에 선혈이 낭자했다.

이런 아군의 무자비한 진압에 곳곳에서 두 손을 번쩍 치켜들거나 쪼그려 앉는 자들로 넘쳐나는 가운데 일부는 활을 쏘거나 창칼로 저항하는 자들도 있었다. 그러나 곧 그들에게 닥친 것은 수십 발의 총탄 세례였고, 그 시신은 벌집이 되어 너덜너덜해져 시신이라고 할 수도 없는 참혹한 광경을 연출했다.

애초부터 싸움이 되지 않는 일방적인 도살 행위가 한동안 지속되자 차츰 총성도 뜸해지며 전장이 정리되기 시작했다. 이렇게 되어 최후에 남은 자들을 헤아려 보니 약 10만 명이었다.

잠깐 동안 무려 5만 명이 졸지에 생을 달리한 것이다. 아무튼 그들은 곧 남녀로 구분이 되고, 그중에서도 남자는 또 12세에서 55세까지 별도로 모아졌다.

그러자 대부분이 이에 해당되어 약 6만 명이 별도로 편성되게 되었다.

이들은 그 자리에서 이들 사회에서 신분이 낮거나 높거나 관계없이, 아니, 나이에 관계없이 일괄 '전사(戰士)'라는 계급이 부여되어 징집되었다. 그리고 부녀자나 그 나머지는 모두

해산을 명받고 가족들의 이름을 부르며 뿔뿔이 흩어져 갔다.

이런 일이 이곳에서만 자행된 것이 아니었다. 아체족이 향유하던 영토 전체에서 일시에 일어났다.

따라서 이들의 토벌이 모두 끝난 한 달 후에는 대거 18만 명의 인간병기가 징집되어 6개 대도시 훈련소로 분산, 수용되었다.

위험한 이들에게는 절대 총이 지급되지 않을 것이다. 일정 훈련 후 단지 칼과 창으로 무장시켜 머지않아 벌어질 전장으로 차출될 것이다. 즉, 발리, 파푸아뉴기니, 티모르 등의 점령전에 동원되어 인간병기 내지는 소모품으로 전락하여 끊임없이 전투에 동원되는 속에 전장에서 모두 생을 마감할 것이다.

따라서 노동력을 지닌 모든 남정네의 징집에 따라 생계 곤란 사유가 발생한 가임 여성은 모두 현지에 파견된 아군 장병들의 첩으로 권장되고 있었다. 이는 은밀한 내부 지침으로 아예 아체족의 씨를 말리려는 잔인한 행동이 아닐 수 없었다.

그리고 그녀들에게는 절대 자녀 양육권도 보장되지 않을 것이다.

이들 풍습으로 남자들은 가정사에 일절 끼어들지 못하게

되어 있었다. 하지만 이들을 지배할(?) 사람은 그들이 아닌 대한제국군의 일원일 것이고, 그들에게는 이들의 풍습이 교육되어 후대라도 저들 민족의 주체성을 심어주지 않으려 하는 것이다.

아무튼 이렇게 아체족의 해체를 은밀히 진행시키는 속에서 이들의 진압은 애초부터 3만 병력만 동원해도 차고 넘쳤을 것이다.

그러나 어린아이 손목 비틀기 같은 전투 같지 않은 전투에 15만의 대병을 동원한 것은 정식으로 대한제국군에 편입된 15만 명의 수마트라 병사들에게 그 소속감을 심어줌은 물론 저항하면 이렇게 된다는 것을 보여주기 위한 계획된 거대 쇼였던 것이다.

이 모든 일이 끝나자 1만 1천 해병만 현지에 남았다. 즉, 양헌수를 군단장으로 하여 1개 군단만 현지에 주둔하고 나머지 병력과 함께 해병사령관 어재연은 본국으로 귀환을 명받았다.

또 80척의 전함을 거느린 신헌의 해군 역시 대한제국 본토로 귀환을 명받고 본국을 향해 선수를 돌렸다. 이때가 6월의 끝자락으로 대한제국 본토에서는 더위가 한창 절정으로 치닫고 있는 시점이기도 했다.

*   *   *

또 한 해가 저물어가는 섣달.

모든 것을 마무리할 시점에 북방에서 벌어진 한 사건으로 인해 총리 김병호는 러시아 대사 푸탸틴을 초치해 강력히 항의하고 있었다.

"우리 영토에서 발생한 아국민 피살 사건의 주모자 및 연관되어 달아난 자를 모두 아국으로 넘겨주시오."

"그럴 수는 없소. 어찌 아국민의 재판권을 대한제국에 넘겨준단 말이오. 사건의 진상을 조사하여 만약 그들에게 잘못이 있다면 처벌을 해도 우리가 할 것이오."

"말도 안 되는 소리. 아국 영토에서 일어난 일은 아국에게 재판권이 있소. 따라서 그들 모두를 아국으로 송환해야 할 것이오."

"턱도 없는 소리. 그들이 귀국에 머물러 있다면 모를까 지금은 모두 아국으로 넘어온 이상 재판권을 넘겨줄 수 없소."

이렇게 병호와 푸탸틴이 재판권을 두고 다투는 사건의 전말은 이러했다. 러시아와의 전쟁 후 스타노보이산맥 이남의 영토 주권을 다시 회복한 대한제국은 새로운 영토는 물론 북방의 희박한 인구를 보충하기 위해 대대적인 하삼도인의 이주 정책을 실시했다.

대한제국에서 가장 인구 밀도가 높은 전라, 경상, 충청도의 백성을 대상으로 북방 영토로 이주하는 자들에게는 3결에서 5결까지 무상으로 토지를 지급한다는 내용을 각의에서 의결하고 이를 적극 권장한바 많은 백성들이 북방 영토로 이주하게 되었다.

그곳 중의 하나가 아무르강과 우수리강의 합류점에 있는 오소리(烏蘇利)섬으로 이곳은 전부터 러시아인 일부가 스며들어 고기를 잡아 생활해 오고 있었다. 어류가 풍부한 탓에 수십 가구 수백 명이 몰려들어 살고 있는 이 섬에도 북방 이주 계획에 따라 남도 백성 수십 가구가 이사를 하게 되었다.

그렇게 되자 조업 과정에서 양 민족 간에 자주 싸움이 일어나더니 급기야 대한제국 백성이 러시아인에 의해 피살되는 끔찍한 사건이 금년 섣달 초에 발생했다.

이에 이 사실을 인지한 대한제국에서는 범인들을 체포해 재판에 넘기려 했으나 범인들은 이미 러시아 영토 내로 달아난 뒤였다.

이를 인지한 외무대신이 일차로 러시아 대사를 불러 강력히 항의했으나 위와 같이 러시아 측에서 뻗대고 있는 바람에 양국 간에는 다시 긴장이 고조되고 있는 것이다.

자신의 항의에도 아무런 성과가 없자 병호는 극단적인 처방을 내렸다. 러시아와 전쟁을 벌여 차제에 북방 영토를 더욱 확대하려 하는 것이다. 이는 러시아 정세와도 무관치 않았다.

1855년 3월 크림전쟁에서 패할 것임을 인지한 전임 황제가 과로와 폐렴으로 죽자 황위를 이어받은 당시 37세의 황제 알렉산드르 2세는 유럽에 비해 전체적으로 뒤져 있는 러시아를 일대 개혁하려 했다.

그 일환으로 비밀리에 손댄 것이 '농노해방'으로 자신의 동생 콘스탄틴 대공을 위원장으로 하는 '농민 생활 조건 향상 위원회'라는 비밀 위원회를 설치하는 것이었다.

비밀 위원회였음에도 '농노해방'이라는 표현을 쓰지 못하고 '농민 생활 조건 향상'이라는 표현을 쓴 것은 당시 차르(러시아 황제)에게 주어진 막강한 권력에도 불구하고 얼마나 개혁이 조심스러운 것인지 말해주고 있다.

아무튼 10년 예정으로 농노해방을 위한 준비에 들어갔지만 그토록 비밀리에 일을 진행했음에도 어느새 소문이 퍼지고 지주들의 저항이 불거지자 알렉산드르는 차라리 계획을 앞당겨 버리자고 결심했다. 그래서 1857년 12월에 농노해방을 실시할 것이라고 발표했다.

그러나 이는 지주와 농노들 간에 첨예한 대립을 불러와 금년 한 해 동안 1,176건의 농민봉기가 일어났다는 정보부의 보고가 있을 정도로 러시아는 지금 한창 혼란에 휩싸여 있었다.

만약 이때를 놓치면 일반 징병제 등 일련의 내정 개혁을 단행하여 러시아가 강해질 것이 분명하기 때문에 적기에 러시아를 침공하여 최대한의 영토를 넓히려는 것이다.

또 이는 러시아 침공에 대한 보복 차원의 전쟁이기도 했다.

이런 계획하에 병호가 제일 먼저 착수한 일은 신임 청나라 대사를 자신의 집무실로 불러들인 일이었다.

금년 7월 목창아가 업무 도중 과로로 쓰러져 숨을 거두자 그 후임으로 내정되어 온 사람이 문상(文祥)이었다.

청나라 조정은 금번 영불 연합군의 침략 후에 맺은 조약에 따라 구미 제국의 주중(駐中) 외국공사관 설치에 대비하여 총리각국사무아문(總理各國事務衙門), 약칭 '총리아문(總理衙門)'이라는 대한제국의 외무부와 같은 기관을 하나 설치했다.

한데 이를 주도한 세 사람 중의 하나가 문상일 정도로 근래 실권을 쥐고 있는 공친왕의 측근이었다. 아무튼 그런 문상을 자신의 집무실로 병호가 은밀히 부르자 문상으로서는 영문도 모른 채 응하지 않을 수 없었다.

금년 40세로 젊은 문상이 들어와 정중히 고개를 조아리며 병호에게 예를 표했다.

"부르셨습니까, 각하?"

"네, 거기 좀 앉아요."

"네, 각하!"

곧 순명에게 커피를 부탁한 병호가 그의 맞은편 소파에 앉으며 물었다.

"양국이 맺은 수호조약이 일방적인 것만은 아니죠?"

"물론입니다. 양국 어느 일국이 어려움에 처하면 돕고자 하는 것이 수호조약의 근본 취지 아니겠습니까?"

"그래서 말이오만……."

이렇게 운을 뗀 병호가 말 한번 잘했다는 듯 히죽 웃으며 자신의 요구 사항을 말하기 시작했다.

"대사께서도 아시겠지만 오소리섬의 아국 백성 피살 사건으로 인해 러시아와 대한제국 사이에는 점차 긴장이 고조되고 있소이다. 따라서 머지않아 양국 사이에 전쟁이 벌어질지도 모르오. 하니 청국에게도 우환이 되는 러시아 놈들을 차제에 혼내주고 싶은데 대사께서는 이를 어찌 생각하오?"

"요는 만약 전쟁이 벌어지면 청나라도 군대를 파견해 지원해 달라는 말씀 아니십니까?"

"그렇소. 그 길만이 이중으로 스타노보이산맥 이남을 팔아먹은 데 대한 속죄도 되는 것이죠."

"험험! 각하의 뜻이 무언인지 잘 알았으니 이를 본국 조청에 통보해 지침을 기다리도록 하겠습니다, 각하."

"좋소. 최대한의 병력 지원을 부탁드리는 바이오."

"알겠습니다, 각하."

이때 커피가 나왔으므로 양인은 커피를 마시고 곧 헤어졌다.

그렇게 세월이 흘러 무오(戊午年)도 저물고 기미년(己未年) 새해가 밝아왔다.

이에 단배식에 참석한 병호는 사흘을 쉬고 1859년 시무식을 시작으로 연례행사인 각 부처의 연두 순시 및 업무 보고 청취에 돌입했다.

제일 먼저 부총리 이하응이 수장으로 있는 내무부를 순시하려 막 자신의 집무실을 출발하려는데 정보부장 이파가 급하게 들이닥쳤다.

"각하, 잠시만요!"

"무슨 일인데 그러오?"

"긴히 드릴 말씀이 있습니다, 각하!"

"정 중요한 일이 아니면 내무부 순시 후에 듣는 것으로 합시다."

"청국에 관한 일로 정말 중요한 정보입니다, 각하!"

"그래요? 그럼 어디 들어봅시다. 아무리 급해도 서서 들을 수는 없는 일. 그쪽 자리에 앉아요."

"감사합니다, 각하!"

이파에게 소파의 한 자리를 권한 병호는 자신도 곧 맞은편 자리에 앉아 그를 주시했다.

"청국 조정에서는 금번에 병력을 파견하지 않기로 결정했다 합니다, 각하! 숙순의 비밀 보고서에 의하면 아국이 염군에 대해 소총을 지원했고 현재도 은밀히 탄약 등을 지원하고 있는 것을 간파했답니다. 따라서 황제 이하 조정 중신 대부분이 심히 분노하고 있는 상태로, 저들의 결정 여하에 따라서는 러시아를 지원할 수도 있는 최악의 분위기라는 것이 숙순의 전언입니다."

"흐흠! 심각한 문제로군."

"그렇습니다, 각하."

"묘책이 없을까?"

"일본을 이용하는 것은 어떻습니까?"

"어떻게?"

"상호 수호조약에 근거하여 막부에 파병을 요청하는 것이죠."

"쉽지 않을 것 같은데?"

"반대급부를 제공하면 어떻습니까?"

"반대급부?"

"네. 일부 번은 양이의 드라이제 소총으로 무장시킨 곳도 있으나 그것도 일부에 국한되어 있고 막부 직할 군은 물론 대부분이 아직도 조총이나 구식 창칼에 의존하고 있으니 참전하는 군에 한해서는 막부고 번군이고 간에 드라이제 소총을 지급한다고 하는 것입니다. 물론 살아 돌아가는 군인에 한해 소지할 권한을 주는 것이죠. 하면 소총이 탐이 나서라도 앞다투어 지원하려 하지 않겠습니까?"

"당장은 곶감이 달다고 그들을 유혹하는 것은 좋으나 그들이 드라이제 소총으로 무장했을 때의 후과를 생각해 보았소?"

"아마도 막부와 번 간에 치열한 내전이 전개되지 않겠습니까? 어른이나 아이나 좋은 무기가 있으면 사용해 보고 싶은 것이 인지상정이니까요."

"흐흠, 그나마 비축되어 있던 드라이제 소총도 수마트라 현지 군을 무장시키는 데 다 소모하고 다시 대량 생산을 해야 그런 제안이라도 할 수 있을 것 아니오?"

"그렇습니다, 각하. 하고 우리가 먼저 러시아나 청국을 도모하지 않는 한 저들이 먼저 도발할 징후는 현저히 낮으므로 올 연말까지 최소 30만 정 이상 생산하여 명년 봄에 거사를 행하시는 것이 좋겠습니다, 각하."

"하면 러시아 측에는 불쾌감으로 아국 대사를 일시 소환하는 게 낫겠군."

"곧 청나라 대사의 완곡한 거절이 있지 않겠습니까? 그 후에 청나라도 함께 같은 조치를 취하는 게 좋겠습니다, 각하. 군자의 복수는 10년이 지나도 늦지 않다고 완벽하게 준비한 후에 적을 쳐도 쳐야 할 것입니다."

"좋은 정보였소. 앞으로도 정보 획득에 최선을 다하도록."

"감사합니다, 각하."

"좀 더 서둘러야겠어."

"네?"

밑도 끝도 없는 병호의 혼잣말에 이파가 궁금한 듯 반응을 보이자 병호가 말했다.

"시험 운행하고 있는 자동차는 물론 전기, 무선전신, 석유탐사, 정유 시설, 또 군 현대화에도 박차를 가해 장갑차나 기관단총 등의 신기술 개발에도 총력전을 전개해야 할 것이란 말이오."

"장갑차와 기관단총은 또 무엇입니까, 각하?"

"신기술로 군 전력을 한 단계 끌어올리는 것으로 생각하면 될 것이오."

"네……."

완전한 설명이 아니라 이파가 끝이 처진 답을 하는데 병호가 자리에서 벌떡 일어나며 말했다.

"생각난 김에 연두 순시가 아니라 내각회의를 소집해 이를 각 부처에 명해야겠소."

말이 끝나자마자 병호는 비서실장으로 승격한 오경석을 불러 내각회의를 소집하도록 주문했다. 머지않아 각의가 열렸다.

이 내각회의에서 병호는 위에 언급한 신기술 개발에 주력할 것을 주문하는 것 외에도 해군력 등 군사력 증강을 역설했다.

특이한 것은 62년에 개최될 만국박람회에 맞추어 대규모 동물원과 식물원은 물론 대형 수족관도 만들도록 주문했다는 사실이다.

*   *   *

1월 중순.

연두 순시와 각 부처의 업무 보고 청취를 빠르게 끝내고 나자 청국 대사 문상으로부터 접견 요청이 왔다. 이에 병호가 그를 만났다.

수인사가 끝나자 병호가 거두절미하고 물었다.

"어떻게 되었소?"

"남부의 염군을 토벌하기도 벅찹니다. 관군이나 단련병 역시 염군에게 번번이 패하고 있으니 큰일이 아닐 수 없습니다. 따라서 파병이 아니라 대한제국이 오히려 우리를 도와주셨으면 하는 청을 정식으로 드리는 바입니다."

"흥! 지금 누구와 말장난을 하자는 것이오?"

"그럴 리가요!"

"됐소. 일방적으로 도움만 청하다니 불쾌하기 짝이 없소. 나는 오늘부로 주중 대사를 소환할 예정이니 그런 줄 아시오."

"굳이 그렇게까지 하실 것은……."

"이만 나가보시오."

"네, 각하!"

이미 그들의 움직임을 환히 꿰고 있는 병호는 계획대로 항의 차원에서 주중 대사를 일시 소환하기로 했다. 이는 아직도 범인을 인도하지 않는 러시아에게 취한 조치와 같은 행위였다.

이런 속에서 수마트라 현지 주둔 사령관인 양헌수로부터 해군을 지원해 달라는 요청이 들어왔다. 발리섬을 침공하기 위해서는 병력 전개가 필수라 이에 대한 지원을 해달라는 청인 것이다.

병호가 생각하기에 발리섬 침공이 예정보다 상당히 늦어졌다. 그래서 여러 차례 그에 대해 총독을 통해 현지 사정을 보고하게 한 결과 그 지리적 특성 때문임을 알았다.

현지 사령관 양헌수는 수마트라 초기 개발 시 남겨준 10척의 전함으로 발리섬 현지를 답사하며 침투 경로를 세밀히 조사했다. 그 결과 발리의 주변 바다는 산호초에 둘러싸여 있어 군함이 들어갈 수 없고 절벽으로 된 해안도 많아 강력한 막강한 대한제국 해군일지라도 간단히 손댈 수 없음을 인지했다.

그래도 탐사를 멈추지 않은 결과 발리섬을 공격하는 데는 북쪽 해안밖에 없다는 결론에 이르렀다. 싱아라자 항구 쪽만이 유일하게 군함이 접근할 수 있다고 판단한 것이다.

따라서 연평균 기온이 26도 전후로 거의 변화가 없지만, 강수량은 변화가 있어 비가 가장 많이 오는 11월과 12월을 피해 이제야 해군에 대한 지원 요청을 하게 된 것이다.

이에 병호는 즉각 100척의 전함과 2만 명의 해군으로 이들을 지원하도록 해군에 명을 내렸다.

*   *   *

본국 해군의 지원을 받은 양헌수는 대대적으로 군사를 동원했다. 18만 아체족 병사는 물론 15만 수마트라 현지인 군사 등 총 33만에 이를 지휘, 통제하는 11,000명의 아군 해병과 해군 등을 생각하면 엄청난 군세라 아니할 수 없었다.

양헌수가 이렇게 대대적으로 군사를 동원하는 데는 첫째,

동시에 두 곳의 작전을 하기 위함이고 둘째, 최대한 빠른 시일 내에 작전을 끝내기 위함이었다. 양헌수는 우선 9만 아체족 병사와 7만 현지 군을 롬복섬에 순차적으로 상륙시키고 발리섬 쪽은 싱아라자 항구를 통해 나머지 병력을 전개했다.

양헌수가 롬복섬까지 점령하려는 데는 다 그만한 이유가 있었다.

롬복섬과 발리섬 사이의 해협을 확실히 아국이 틀어쥘 필요가 있다고 판단한 것이다. 이 해협이야말로 영국이 자국의 식민지인 오스트레일리아 대륙으로 향하는 이 당시의 해로였기 때문이다.

1830년대 이후 발리 주민과는 관계없이 상업적인 이유로 발리섬이 주목받는다.

싱가포르를 거점으로 하는 영국이 네덜란드 지배하에 있는 바타비아나 수라바야와 같은 항구를 경유하지 않고 당시 식민지 오스트레일리아 대륙으로 직접 갈 수 있는 중계지가 필요하게 되었다.

그 중계지를 찾은 결과 발리섬과 롬복섬 사이의 해협이 부상한 것이다. 결국 중계지로서 붐빈 것은 롬복섬 서해안이었지만 당시 그 지역을 지배한 것은 발리섬 동부 카랑아슴 왕가의 피를 이어받은 발리인 왕조로서, 롬복섬 왕가는 발리 왕가와는 혈연적으로 깊은 관계가 있었다.

이러한 상황에서 양 군은 동시에 롬복섬과 발리섬으로 상륙해 대대적인 침공을 개시한 것이다.

양헌수는 우선 회유와 무력이라고 하는 고전적인 전략을 사용해 발리 왕가, 롬복섬 왕가와 조약을 맺어 아국의 속국으로 만들려 했다.

그러나 이에 대해 발리 왕과 롬복섬 왕의 거부는 당연한 것이었다.

결국 대한제국군은 무력을 사용하지 않으면 안 되는 상황에서 난파선 약탈 금지 조약을 어겼다는 억지 구실을 붙여 발리 북부 블렐렝 왕과 롬복섬 왕을 상대로 일대 공세를 전개했다.

전투는 사흘이나 계속되어 마침내 대한제국군은 롬복섬을 수중에 넣고, 한 달 후에는 발리의 블렐렝 왕국과 서부 즘부라나 왕국을 무력 제압하는 데 성공했다.

그러나 이 전쟁으로 아국이 손에 넣은 것은 발리 북부 일부와 싱아라자 항구로 발리섬 남부의 왕국들은 높은 산맥에 가로막혀 아직도 건재했다. 물론 롬복섬은 통째로 지배하게 되었다.

그런데 남부의 제 왕국은 대한제국이 발리 북부에 침략 거점을 만들었음에도 불구하고 세력 다툼의 격화로 대단히 불

안정하고 혼란한 사회 정세가 계속되고 있었다.

이에 내친김에 양헌수는 중앙 산맥을 넘어 남부 바둥 왕가와 타바난 왕가를 무력으로 제압했다. 그리고 발리의 명목적인 지배자이던 쿨룽쿵 왕가를 전멸시키면서 나머지 왕가와도 강화를 맺어 발리섬을 지배하게 되었다.

이 과정에서 대한제국과의 전쟁에서 이길 능력이 없다는 것을 깨달은 발리 왕족과 귀족들은 아국 군에 대항하여 단검(keris)을 뽑아 들고 죽음의 행진을 한다.

이것을 '명예의 죽음 행진(puputan, 옥쇄)'이라고 부르고, 그 죽음의 행진에는 여성과 아이들도 참가하여 4,000명 이상이 목숨을 잃었다. 바둥 왕가의 사람들이 죽음의 행진을 한 곳이 현재 덴파사르 시내의 발리 박물관 앞에 있는 푸푸탄 광장이다.

대한제국군은 북서의 타바난에 진군하고 타바난 왕을 포로로 잡았지만 왕은 추방되는 불명예보다 자살을 택했다. 카랑아슴 왕국과 기안야르 왕국은 대한제국군에 항복하여 명색뿐인 왕가의 명맥을 유지했다.

이렇게 결국 발리는 대한제국의 지배하에 들어가 수마트라의 일부에 포함되었다.

승전보를 접한 병호는 발리의 풍광 좋은 사누르 해안에 행궁 하나를 짓도록 했다. 검소하게 짓되 황제는 물론 내각의 고위 관료가 이용할 수 있도록 하기 위함이었다. 그리고 또 하나의 명을 내리니 싱아라자 항을 자유무역항으로 지정하라는 것이었다.

이에 따라 싱아라자는 자유무역항이 되어 이후 발리섬 주변의 많은 섬으로부터 물자 집하, 항구로 발전하기 시작한다. 더욱이 싱가포르에서 대량의 아편이 수입되어 싱아라자에서 정제된 후 자바섬으로 보내졌다.

아편 무역은 거대한 부를 낳았기 때문에 많은 청국인이 싱가포르에서 싱아라자로 이주해 살기 시작했고, 이는 훗날 차이나타운과 불교 사원이 남게 되는 결과가 된다. 이렇게 싱아라자는 발리 무역의 중심 항구로 발전해 국제적인 도시가 되는 것이다.

아무튼 양헌수는 해군의 지원을 받은 김에 파푸아뉴기니의 정복에도 나섰다. 이 땅은 지금 원주민 외에 서구 열강 아무도 지배하지 않고 있어 그들과 다툼을 벌일 이유도 없었다.

따라서 원시 부족만 존재하는 이 땅에 대규모 군세를 투입하면 큰 피해 없이 이 땅을 점령할 수 있을 것이다.

그렇게 되면 구리, 금, 보크사이트 등의 지하자원과 풍부한 산림자원, 어족자원은 물론 많지는 않지만 원유와 팜유, 커피, 코코아 등을 생산해 대한제국의 부를 이루는 데 일조

할 것이다.

아무튼 이 작전은 건계가 시작되는 5월 달부터 시작되어 우계가 시작되기 직전인 연말에 끝났다.

이로써 주민 대부분이 멜라네시아계(96%)인 파푸아족(族) 역시 대한제국의 일원으로 편입되어 한글과 한국어를 모국어로 사용하게 되었다.

*   *   *

경신년(庚申年) 새해가 밝았다.

이해가 서력으로는 1860년이요, 영창(永昌) 11년이었다.

연례행사인 각 부 업무 보고를 청취하자마자 병호는 이상적에게 지시해 일본의 특사 파견을 요청하도록 했다. 이에 응해 일본에서 특사를 파견한 것은 1월 스무날이었다.

특사로는 막부의 책사 가쓰 가이슈가 선정되어 왔다. 이상적을 배석시킨 가운데 집무실에서 그를 맞은 병호는 그 어느 때보다 그와 반갑게 인사를 나누고 자리를 권했다. 그리고 대뜸 본론으로 들어갔다.

"대한제국이 큰 어려움에 처해 있소."

"네?"

"아국 정보부에서 파악한 바로는 러시아 놈들이 호시탐탐

남침의 기회를 엿보고 있고, 청국은 염군 토벌을 지원해 주지 않는다고 이들과 동조해 역시 동진의 기회를 노리고 있소."

"얼핏 이해가 되지 않습니다, 각하. 대한제국의 막강한 군사력을 저들도 잘 알고 있을 텐데 그렇게 무모한 일을 벌이리라고는 생각하기 쉽지 않군요."

"거기에는 까닭이 있소. 남의 칼을 빌려 눈엣가시를 제거하려는 무리가 있고, 러시아는 이에 동조하고 있는 것이오."

"베트남에서 패퇴한 영국과 프랑스, 아국에서 패퇴한 미국을 이름입니까?"

"그렇소."

쉽게 답했지만 정보부에서 파악한 바로는 4개국 모두 군사력을 동원해 대한제국과 전쟁을 벌이려는 징후는 없었다.

그렇지만 4개국이 연합하려는 것은 사실이라 병호는 이를 과장해 일본군을 얻어내려는 것이다.

"허허, 그들 4개국이 손잡고 청국마저 거든다면 만만찮은 세력이 되겠군요."

"그래서 정식으로 일본의 도움을 요청하는 것이오."

"우리가 어떻게 도우면 되겠습니까, 각하?"

"그 전에 하나 물읍시다."

"말씀하시죠, 각하."

"일본에는 300개의 번이 있지요?"

"폐번과 신설을 거듭해 일정치 않지만 현재로서는 300개의 번이 있는 게 맞습니다."

"각 번마다 1천 명의 군사만 동원해도 30만 아니오?"

"그야 그렇습니다만……."

"여기에 막부군까지 도움을 준다면 러시아와 청국을 동시에 상대한다 해도 충분히 승산이 있을 것 같소."

"흐흠!"

비로소 대한제국의 의도를 명확히 파악한 가쓰 가이슈가 침음하며 한동안 생각에 잠겼다. 그러던 그가 한참만에야 입을 떼었다.

"아무리 막부가 번을 통제하고 있다지만 무조건 1천 명의 병력을 내라는 것은 쉽지 않은 일입니다. 즉, 각 번의 저항이 만만치 않을 것이란 말입니다. 하니 병력을 조금 감축해 주시던지 아니면 다른 유인책을 제시해 주셨으면 감사하겠습니다."

"흐흠!"

이미 답변이 준비되어 있는 병호였지만 심사숙고하는 척 한동안 생각에 잠겼다가 다시 입을 떼었다.

"살아 돌아가는 자에 한해 우리가 지급한 드라이제 소총을 그대로 소지하고 돌아가도록 하겠소."

"그렇게 되면 각 번으로서는 다투어 병력을 낼 것으로 사료되나 그건 번의 세력을 키워주는 것이 되어 자칫하면 막부가 전복될 수도 있는 큰일입니다."

"그 정도도 계산 안 했겠소. 일단 막부에서도 그런 유인책을 제시하고 돌아가서 바로 총기를 회수하던지 그것은 알아서 하시오."

병호의 말에 가쓰 가이슈의 계산이 시작되었다.

"아, 그런 방법도 있군요. 그렇게 되어도 번의 반발이 만만치 않을 텐데… 하긴 그 총을 보상으로 막부에 말을 잘 듣는 곳은 다만 얼마라도 지급하고 위험성이 농후한 곳은 묵살하면 되겠군요. 그래도 그 총기로 막부 직할군을 대거 무장시킨다면 다 제압할 수 있을 테니까요."

"어떻소? 그렇게 해주겠소? 막부 군은 한 3만 정도면 될 것 같고."

"일단 제 생각은 찬성입니다. 하지만 이는 쇼군의 재가를 받아야 하니 쇼군의 재가를 받는 대로 다시 들르도록 하겠습니다."

"좋소. 그렇게 하도록 하고, 음, 모처럼 왔는데 그냥 보내면 섭섭하니 오늘 저녁에는 나와 같이 명월관에 들러 간만에 회포나 한번 풀어봅시다."

"영광입니다, 각하."

이렇게 일본에게 미끼를 던진 병호는 다음 날 프로이센 대사를 불러 면담을 진행했다. 그 내용은 그들의 황제가 원하는 것을 대한제국의 군사력으로 강력히 뒷받침해 준다는 것이었다.

즉, 이 당시 강력한 정부와 군대를 원하고 있는 빌헬름 1세에게는 정치적으로 매우 어려운 상황이었다. 빌헬름 1세는 1817년 이후 매년 4만 명으로 고정되어 있던 징병 인원을 6만 3천 명으로 늘리려 하고 있었다.

또 복무 기간도 일반 사병으로서 3년간 복무하는 것 외에 예비군 4년과 지방군 7년으로 확대하고자 하였다. 이를 위해 군사비를 증액하려 하자 의회가 이를 막아섰다.

이에 병호는 의회가 타협안을 제시하더라도 무시하고 자신의 정책을 강행하라 하였다. 하면 대한제국은 이를 군사력이나 외교적으로 뒷받침해 주겠다고 한 것이다. 그 대신 유럽에서 프로이센이 대한제국의 입장을 더욱 적극적으로 지지하고 더 나아가 양국의 군사적 협력도 더욱 강화하자고 제안했다.

머지않아 그들이 이에 응했고, 이를 시작으로 병호는 네덜란드, 벨기에, 스위스, 오스트리아 대사 등을 연일 초치해 그들의 애로 사항을 경청하고 가급적 그들을 돕기로 했다. 당연히 그에 따른 반대급부로 유럽에서 이들이 네덜란드와 프로이

센을 주축으로 대한제국을 옹호케 하려는 것이다.

그러나 오스트리아는 이를 거절했고, 대신 병호는 러시아의 핍박을 받고 있는 투르크메니스탄이나 아프카니스탄, 또 러시아의 지배하에 있는 폴란드 역시 직간접적인 접촉을 통해 아군 편에 서도록 유도했다.

뿐만이 아니었다. 병호는 몽골에도 손을 쓰기 시작했다. 비밀리에 몽골의 명장 승격림심을 접촉하는 것은 물론 공작원을 대거 우르가(지금의 울란바토르)로 급파해 몽골 지도자들을 회유하기 시작했다.

이 당시 몽골은 1688년 청(淸)에 복속된 이래 그 거주지는 4부(部), 86기(旗)로 세분되어 '외몽골'로 불리고 있는 상태였다. 그런 그들이라고 이민족에게 지배받는 것을 달가워하겠는가.

따라서 병호는 이들에게 자치는 물론 무기 지원을 약속하고 회유 작업에 들어간 것이다.

이런 속에서 2월 초닷새가 되자 가쓰 가이슈가 다시 방한해 승낙의 뜻을 전했다. 이에 병호는 전군에 비상령을 하달하는 한편 드물게 상선에 한해서도 한시적 징집령을 발했다.

즉, 3월 1일을 기해 일본의 각 거점 항구에 집결하도록 명한 것이다. 이렇게 할 수 있는 것은 각 상선에 대해 징집할 수 있는 전시 동원법이 제정되어 있었고 이에 따라 각 상선은 고

유번호가 부가되어 있어 00호는 일본의 어느 지점으로 가라는 식으로 명을 발한 것이다.

그렇게 동원된 거대 상선만 300척, 여기에 300척으로 증강된 아군 군함 중 200척이 동원되어 일본군의 대대적인 대한제국으로의 이송 작전이 시작되었다.

그렇게 해 일본군 33만이 요동만(遼東灣) 대릉하(大凌河)의 항구도시 소하(小河)에 병력을 쏟아내기 시작한 것이 3월 7일이었다.

뿐만 아니었다. 이 군함과 상선은 일본군의 병력 전개가 끝나면 징집령이 떨어진 수마트라로 향해 그곳의 군사 30만을 모처로 전개하기 위해 대 선단을 형성할 것이다.

이렇게 되니 청국과 러시아도 아국의 군사작전을 모를 리가 없었다. 제일 먼저 자국 영토를 유린당하게 생긴 청국 대사 문상이 이상적을 통해 거듭거듭 병호에게 면담을 요청해 왔다.

그러나 병호는 수차에 걸쳐 이를 거절했다. 그러다 못 이기는 척 그와 면담을 한 날짜가 3월 22일이었다. 이때는 수차례에 걸친 항해로 일본군 33만이 요동에 병력 집결을 완전히 끝낸 후였다.

"각하, 어찌 이러실 수가 있습니까?"

"무슨 말이오?"

울상으로 달려드는 문상의 애걸에도 병호는 모른 척 시침을 떼었다.

"러시아가 아닌 아국을 삼키려고 하시는 것 아닙니까?"

"러시아를 치겠다고 병력을 내라 했더니 뭐? 우리보고 병력을 내달라고? 사람이나 국가나 염치가 있어야 할 것 아니오."

"그렇다고 아국을 공격할 것까지야 없지 않습니까? 수호조약을 맺은 양국의 조약에 위배되는 것이기도 하고 인간적으로도 신의에 위배되는 일 아닙니까?"

문상의 말에 병호가 냉랭하게 콧방귀를 뀌며 말했다.

"흥! 말 한번 잘했소. 대한제국의 일방적인 수혜를 받으면서도 청국이 우리에게 한 행동은 뭐요? 할양된 영토를 재차 넘겨 싸움을 붙이는 것은 신의에 위배되는 일이 아니오?"

"그야……."

머리를 긁적이던 문상이 애처로운 표정으로 되물었다.

"어쩌려고 그러십니까, 각하?"

"뭘 어째! 차제에 청국을 멸하려고 하지. 인조대왕이 삼전도에서 무릎을 꿇고 귀국 황제에게 행한 삼고구궤(三顧九饋)의 원한을 우리가 잊어서 흥흥거리고 있다고 생각하면 큰 오산이오."

"아이고, 정말 우리 청국은 망했구나!"

만주(滿洲) 정홍기(正紅旗) 출신이라는 신분은 물론 일국의 대사라는 지체도 잊고 두 다리를 쭉 뻗고 그 자리에서 목 놓아 크게 울기 시작하는 문상을 흘끔 바라본 병호가 지나가는 말 비슷하게 한마디 툭 던졌다.

"아주 방법이 없는 것도 아니오."

이에 울던 울음을 급히 그치는 것은 물론 자리에서 벌떡 일어나기까지 한 문상이 급히 달려들었다.

"어찌하면 됩니까?"

"조건을 제시하기 나름이겠지."

"영토의 할양을 말씀하시는 것입니까?"

"그렇소."

"끙!"

괴로운 표정으로 머리를 감싸 쥐고 번민하던 문상이 곧 정신을 수습하고 말했다.

"아국에 각하의 뜻을 전하도록 하겠습니다."

"결단이 빠르면 빠를수록 좋소. 우리가 금번에 동원하는 군이 일본군과 대한제국의 본토군만 동원된다고 생각하면 큰 오산이오. 우리에게는 자체 예비군은 물론 남방군 33만도 있음을 유념해 주었으면 좋겠소."

여기서 병호가 남방군 33만을 동원한다 했지만 실제는 30만이었다. 아체족 3만이 발리와 파푸아뉴기니 점령전에서 전사했기 때문이다.

아무튼 노골적인 협박에도 불구하고 문상은 하나의 정보를 더 얻고자 병호에게 확인차 물었다.

"금번에 그들까지 동원되는 것입니까?"

"그렇소!"

"아예 작심을 했구나, 작심을……."

"뭐라고?"

"아, 아닙니다. 얼른 가서 이 소식을 전하고 조정의 답변을 전해 올리도록 하겠습니다, 각하."

"그러시오."

"그럼……."

고개를 조아려 보인 문상이 급히 집무실을 벗어나는 것을 보며 병호로서는 내심 통쾌함을 금치 못했다.

제2장
대전쟁(大戰爭)

청나라 대사에게 할양을 요구했지만 병호는 그들의 답변을 기다리지도 않았다. 애초의 작전대로 바로 군사를 움직이기 시작한 것이다. 이는 압도적인 군사력으로 청국을 압박하기 위함도 있고 일본군을 하나라도 전투 중에 더 소모시키기 위함이었다.

총리 김병호의 공격 명령이 떨어지자 일본군 33만은 국경에 주둔 중이던 청국군 20만을 향해 일제히 발포하며 서진하기 시작했다.

평소 아국 병사 10만에 대항하여 15만을 운용하던 청국군은 일본군이 1차 상륙하자 그때부터 부근의 군사를 끌어모으기 시작해 지금은 20만으로 불어난 상태였다.

곧 일본군과 청국군과에 치열한 교전이 벌어졌다.

그러나 화력이나 숫자상으로나 압도적 우위를 점한 일본군에 의해 청국군은 많은 사상자를 내며 후퇴하기에 급급했다.

한편 청국 국경에 배치되었던 대한제국군 10만은 작전 계획에 따라 그대로 북진하여 러시아 국경으로 향했다. 이렇게 되면 기존 러시아 국경에 전개된 5만 군사와 함께 총 15만의 군사가 러시아 영토를 넘보게 되는 것이다.

이에 더하여 동원된 아국 예비군 30만 중 10만은 러시아 방면 아군의 후위를 담당하기 위해 포진했다.

그리고 20만 명은 양 갈래 군사들의 보급 전선에 투입되었다.

때를 같이 하여 상선과 군함에 승선한 1차 수마트라군이 각 항구를 떠나 북상하기 시작했다.

이렇게 보름이 지난 윤 3월 초.

일본과 청국군의 교전 지역으로 북상하던 수마트라군 10만이 돌연 방향을 틀어 대만(臺灣)의 담수항(淡水港)에 상륙해 대북(臺北)을 향해 파죽지세로 진군하기 시작했다.

청 조정에서는 미처 이 상황을 파악하지 못한 가운데 전선의 전투 상황이 어느 정도 윤곽이 드러나기 시작했다. 연전연승을 거듭하며 파죽지세로 서진을 거듭한 일본군은 벌써 요하 서부의 최대 도시 금주(錦州)를 점령하고 해안이 아닌 내륙의 주요 거점인 서북 방향의 건창(建昌)으로 진군하고 있었다.

그러나 러시아 국경 두 곳에 집결한 동원 예비군 포함 아군 25만은 꼼짝도 하지 않고 있었다. 이에 대항하여 비상이 걸린 러시아군도 사방에서 급히 군사를 끌어모으기에 여념이 없었다.

이렇게 보름이 더 지나자 전선에 확연한 변화가 일어났다. 20일간의 전투에서 10만의 사상자를 내며 패퇴를 거듭하던 청국군이 홀연히 만리장성 안으로 철수한 것이다.

도저히 일본군에 대항할 수 없다고 판단한 청국 조정이 내린 판단은 견고한 성벽에 의지해 싸우자는 것이다. 그러나 그간 3만의 사상자를 낸 일본군은 주력을 장성 쪽이 아닌 러시아 국경을 향해 돌렸다.

청국 국경에는 단지 10만 명만 투입하고 20만은 러시아 국경으로 향한 것이다. 이에 청국 조정이 다소 안도하는 가운데 일본군은 러시아 국경을 따라 계속 서진에 서진을 거듭하기 시작했다.

이에 다급해진 것은 러시아군이었다. 동쪽의 대한제국군에 대항하여 15만을 파견한 러시아군은 우랄산맥 이동의 전 군사를 급히 끌어 모아도 일본군에 대항할 군사가 채 5만이 되지 않았다.

이에 비상이 걸린 러시아 황실은 본국에 있던 전 군사를 동원하려 하나 이것 또한 여의치 않았다. 곳곳에서 일어나는 노예해방을 둘러싼 민중 시위에 겨우 10만의 군사를 모아 우랄 이동을 향해 급파할 수 있었다.

이런 속에서 5일이 더 지나자 이번에는 수마트라군 10만 명이 대만의 남부도시 고웅(高雄)에 상륙해 북진을 시작했다.

그동안 진군에 진군을 거듭한 일본군은 러시아 영토에 발을 들여 예니세이강(Enisei R.)의 지류를 따라 북상하기 시작했다.

참고로 예니세이강은 러시아 중부를 관류하여 북극해로 들어가는 커다란 강이다. 아무튼 이를 러시아군 5만이 급히 막아섰다. 20만 대 5만이면 누가 예상해도 당랑거철의 싸움일 수밖에 없다.

그러나 모두를 놀라게 한 일이 벌어지고 있었다. 1천 명 단위 소부대 50개로 쪼개진 이들은 몽골에서 러시아 초입에 이르는 수많은 산과 계곡, 또 하천의 지류를 배경 삼아 일대를 뒤덮듯 전진해 오는 일본군에 대항해 유격 전술을 시행하기 시작한 것이다.

소수의 부대라 은신하면 토벌이 어렵고, 잠시 쉴라 치면 기습을 감행했다.

추격해 섬멸하려면 산과 계곡을 이용해 다시 은신하니 일본군 지휘부로서는 피해는 피해대로 입으면서 전과는 없으니 짜증이 날 수밖에 없었다.

이에 회의를 개최한 결과 피해를 조금 더 입더라도 무조건 전진하는 방향으로 택했다.

그렇게 되니 유격전을 전개하던 러시아군이 불리해졌다. 마치 자석에 끌려가는 철조각처럼 전진하는 일본군을 따라 간헐적으로 피해를 입히나 대세에는 전혀 영향을 미치지 못했던 것이다.

이렇게 해서 윤3월이 끝날 무렵 일본군은 예니세이강 좌안쪽 지류인 아바칸강(Abakan江) 연안의 미누신스크 분지 상에 있는 도시 아바칸에 도착할 수 있었다.

이곳부터 예니세이강의 수량이 풍부해지며 지형상으로는 스텝 지역으로 초원 지대였다. 따라서 러시아군은 위치가 금방 금방 노출될 수밖에 없어 더없이 불리해졌다.

그나마 러시아군에게 다행인 것은 이 지역을 에워싼 호수가 많다는 것이며, 증원 병력이 곧 도착할 예정이라는 것이었다.

한편, 이때는 러시아 동쪽 북방에 포진해 있던 대한제국군

2개 무리도 일제히 아국 영토를 넘어 러시아령으로 일제히 진군을 개시했다. 곧 러시아군을 당혹케 하는 일이 벌어졌다.

선두 보병을 제치고 괴 물체가 등장한 것이다. 기관단총을 탑재한 장갑차가 그것이다.

비록 13톤의 무게에 2m도 되지 않는 높이의 작고 낮은 형상에 약한 장갑을 갖추었지만 이 당시로 보았을 때, 화력만큼은 엄청났다.

최신 소총을 소지한 러시아군이 1분에 겨우 10~12회 종이 탄약을 쏟아내는 동안 50발들이 탄창을 순식간에 비워냈다. 그러나 유효사거리가 150m밖에 되지 않는 단점도 있었다.

하지만 이 괴물을 앞세워 전진하는 대한제국군으로서는 이만큼 든든한 무기도 없었다. 러시아군이 괴물체의 형상에 놀라 눈을 치뜨는 순간, 그들은 어느새 벌집이 되어 나동그라졌다.

때를 맞추어 박격포가 원거리 사격으로 밀집되어 있는 러시아군을 타격하고 자동소총으로 무장한 아군의 총도 일제히 불을 뿜기 시작했다. 순식간에 러시아군 일선이 붕괴되는 속에서 아군의 공세는 계속되었고, 그들은 저항은커녕 후퇴하기에 급급했다.

이렇게 러시아군이 아군의 대공세 앞에 무력하게 무너져 후퇴를 거듭하고 장성 밖의 일본군마저 드디어 장성을 돌파한 가운데 돌연 잔여 수마트라군 10만이 북경이 코앞인 천진에 상륙하는 일이 벌어졌다.

이에 화들짝 놀란 청 조정의 황제 함풍제는 누대의 도읍 낙양까지 피신했음에도 불구하고 안위가 걱정되는지 또다시 피난 보따리를 싸는 한편 급급히 대한제국에 특사를 파견했다.

청나라 실세 중의 하나로 군기대신이라는 요직에 있는 계량(桂良)이 그였다.

금년 66세의 계량이 청나라 유일의 거함 정원(定遠)에 백기를 매달고 인천항에 도착한 것이 4월 5일이었다. 이곳에서 경인선 열차를 타고 한양역에 도착한 그는 곧바로 외무부로 들러 총리와의 면담을 요청했다.

그러나 다급한 그와 달리 총리의 면담은 쉽게 이루어지지 않았다.

그가 어렵게 뜻을 이룬 것은 그로부터 5일 후인 4월 10일이었다.

이 면담도 내각청사 정문에 거적을 깔고 5일 밤낮을 석고대죄한 결과물이었다.

노구에 5일을 밤이슬을 맞으며 꿇어 엎드려 있었으니 그는 온전한 몸 상태가 아니었다. 들것에 실려 겨우 총리 집무실에 도착한 그는 주한 대사 문상의 호들갑에 의해 총리실 앞을 경호하던 아군 경호원에 업혀 겨우 총리 김병호를 대면할 수 있었다.

소파 모서리를 집고 겨우 정신을 수습한 계량이 억지로 몸을 일으켰다.

그는 부들부들 떨리는 다리로 천천히 병호 앞에 무릎을 꿇었다. 그리고 울음 섞인 목소리를 토해냈다.

"총리 각하! 어떻게 해야 아국 황실을 보전해 주시겠습니까? 흑흑흑!"

"이 무슨 짓이오? 어서 일어나시오!"

답 대신 벌떡 일어나 손수 그를 잡아 일으킨 병호가 갑자기 밖을 향해 소리를 버럭 질렀다.

"어서 의사를 대령시켜라!"

"네, 각하!"

곧 다급히 뛰는 발자국 소리가 들리자 병호는 다소 안도한 표정으로 계량을 소파로 인도해 그곳에 천천히 앉혔다. 그리고 온화한 미소를 띠고 말했다.

"몸이 성해야 협상도 할 것 아니오? 그러니 우선 몸부터 보전합시다."

"이 노구야 이곳에서 죽은들 무슨 여한이 있겠습니까? 단

지 황실의 잔명이나 보전해 주시면 감읍하겠사옵니다, 각
하!"

"물론! 우리가 남이오? 황실은 틀림없이 보전해 줄 테니 우
선 기력을 회복하는 것이 급선무가 아닌가 하오."

병호가 황실 보전을 약속하자 어디서 그런 힘이 나는지 자
리에서 벌떡 일어난 계량이 확답을 요구했다.

"약속하신 겁니다, 각하!"

"물론이오. 그러니 우선 정양부터 합시다."

"감사합니다, 각하! 감사합니다, 각하!"

무수히 고개를 조아리며 거듭 감사를 표하는 쭈글쭈글한
계량을 물끄러미 바라보던 병호가 막 무어라 지시하려는데 일
단의 무리가 들이닥쳤다.

흰 가운을 입은 의사 한 명과 간호원 둘이었다. 이에 병호
가 말했다.

"청사 의무실에 입원시켜 요양시키도록."

"알겠습니다, 각하!"

"아, 아닙니다, 각하! 얼마든지 회담에 응할 수 있으니 회
담이 끝나는 대로 죽이라도 한 그릇 먹으면 힘이 날 겁니
다."

뻗대는 계량을 넉넉한 미소로 바라보던 병호가 말했다.

"그럼 우선 죽이라도 들고 한숨 푹 자고 난 이후에 이야기

하도록 합시다."

"안 그래도 됩니다, 각하!"

"그렇지 않으면 더 이상의 회담도 없습니다."

"아, 알겠습니다!"

곧 계량이 들것에 실려 나가자 청나라 대사 문상이 말했
다.

"두 황실의 오랜 친교를 감안해서라도 선처를 부탁드립니다,
각하."

"알겠소. 그러니 당신도 특사를 간호하다가 특사가 깨어나
면 함께 입실하도록 하시오."

"알겠습니다, 각하!"

그로부터 네 시간이 지난 오후 3시.

다소 혈색이 돌아온 계량과 문상이 함께 총리 집무실에 도
착해 면담을 요청했다. 이에 병호가 순순히 응하니 4인의 대
좌가 이루어졌다. 병호의 연락으로 외무대신 이상적도 배석하
게 된 것이다.

곧 소파에 앉지도 못하고 선 계량이 멀찍이 떨어진 중앙 집
무실 책상 앞에 앉아 있는 병호를 보고 공손히 예를 표하더
니 말했다.

"만리장성 밖은 모두 대한제국의 영토로 인정할 테니 그만
군사를 물려주시면 안 되겠습니까, 각하?"

"휴식을 좀 취하더니 배짱이 도는 모양이오?"

"그럴 리가 있겠습니까? 그 정도로 선처해 주시면 우리 청국은 영원히 대한제국을 배신치 않을 것이고 조공이라도 바치라면 바치겠습니다, 각하!"

"명분보다는 실리를 택하겠단 말이지만 그렇게는 안 되오."

여기서 말을 끊고 두 사람을 엄정한 눈으로 바라보던 병호가 재차 입을 열었다.

"황하 이북은 물론 대만까지 우리 영토로 양도해 주시오. 하고 장강 이남도 더는 다투지 말고 독립국으로 인정해 주는 것이오."

"하면 우리의 영토는 장강 이북에서 황하 이남의 티베트까지 이르는 것입니까?"

"티베트도 자치를 허용해 줬으면 좋겠소."

"네에?"

너무 광범위한 영토 할양에다가 티베트까지 손아귀에서 놓아야 한다는 사실에 놀란 계량의 몸이 무너져 뒤로 쓰러지자 젊은 문상이 그를 받쳐주어 겨우 정신을 수습한 그가 급히 엎드려 고했다.

"각하, 그렇게 되면 죽는 것만 못한 참경. 그럼 우리도 차라리 옥쇄를 각오하고 전 역량을 기울여 대한제국과 맞서 싸울 수밖에 없습니다. 각하, 하오니 황하 이남을 경계로 장강 이남의 수복권도 주시고 티베트도 여전히 아국의 관할로 남겨주시길 간곡히 청하는 바입니다!"

"흐흠!"

고심하던 병호가 최종 단안을 내렸는지 엄숙한 얼굴로 언도하듯 말했다.

"양국의 국경선을 황하 중간으로 하되 다만 티베트에 대해서는 손을 떼시오. 그러나 장강 이남에 대해서는 어찌하든 좋소."

"우리가 조공을 행한다면 티베트를 보전해 주시겠습니까, 각하?"

"나 역시 실질을 중시하는 사람이라 그렇게는 못 하겠소."

"끙!"

괴로운 신음을 토한 계량이 다시 사정조로 나왔다.

"영원히 우리가 구토의 회복을 포기해도 그렇습니까, 각하?"

"하하하! 국가 간의 조약에 그런 조항이 포함된다 한들 무슨 소용이 있겠소. 우리 후손이 못났다면 다시 기 점령한 영토를 빼앗길 수도 있는 것이니 그런 조항은 무의미하다고 보오."

"……"

괴로운 신음마저 뱉지 못하고 멍하니 천장에 시선을 두고 있던 계량이 돌연 돌아서서 문상을 향해 비장한 얼굴로 불렀다.

"문 대사."

"네, 대인."

죄스러운 듯 고개 숙여 답하는 문상을 모든 것을 포기한 듯 허허로운 표정으로 바라보던 계량이 돌연 엄숙한 얼굴이 되어 말했다.

"내 도저히 부끄러워 고국으로 낯을 들고 돌아갈 수가 없을 것 같소. 하니 내 죽으면 그 시신은 불태워 재로 만들되 조국 강산 어디에 뿌려도 좋소. 만약 훗날 우리나라가 다시 흥기하여 고토를 회복할 수 있다면 성경(盛京: 현 심양) 근교에 사당 하나 짓고 술 한 잔을 부어준다면 저세상에서라도 덩실덩실 춤을 추며 기뻐할 것이오. 윽!"

"이 무슨 짓이오?"

"대인! 대인!"

"경호원! 경호원!"

온갖 소음이 난무하는 가운데 계령의 굽어진 등이 더욱 굽어지며 피가 바닥에 흥건히 고이기 시작했다.

병호가 화를 내고 문상이 계량을 부르는 속에 이상적이 급히 밖에 대기하고 있던 경호원들을 불렀다.

급히 뛰어든 10여 명의 경호원이 급히 문상의 상태를 살폈다.

경호원들이 급히 엎어져 있는 계량을 제치니 그는 이미 비수로 가슴을 깊숙이 찔려 도저히 살릴 가능성이 없을 정도로 상처가 깊었다.

이렇게 생명을 다투는 속에서 계량이 가래 끓는 듯한 음성을 토해냈다.

"아국 황실을… 보전해… 주오."

그 말을 끝으로 계량의 목이 꺾이며 그의 사지가 축 늘어졌다. 이에 문상이 그를 부르며 방성대곡을 했다.

"대인! 대인! 엉엉엉!"

그렇다고 죽은 사람이 살아 돌아올 수는 없는 일. 쓸쓸한 얼굴로 이를 바라보던 병호가 말했다.

"비록 적으로 온 사자였지만 그 충절만은 높이 사지 않을 수 없소. 후히 장례를 치러주고 본국으로 유해를 송환할 수 있도록 온갖 편의를 제공하도록 하시오."

"네, 각하!"

공손히 답한 이상적이 갑자기 경호원들을 향해 화를 냈다.

"당신들은 경호를 어떻게 하기에 비수를 품고 있는 것도 모르고 적국의 인물을 회담장 안으로 들여보낸단 말이오!"

"외국 사신이라 몸수색하기가 곤란했고, 더구나 고령이니 설마 이런 일이 발생하리라고는……."

"그만!"

경호실장 신응조의 변명에 고함을 질러 그의 입을 다물게 한 병호가 말했다.

"속히 시신을 모시고 나가고 장내부터 정리하시오."

"네, 각하!"

이렇게 해 문상의 뜻에 따라 계량의 유해는 화장이 되었고, 문상은 곧 유해를 안고 본국으로 일시 귀국하기에 이르렀다.

물론 장례가 진행되는 동안 계량과 최종 합의된 대로 양국 국경선이 문서로서도 공인되었다.

이런 일이 있고 나서 병호는 대만 고웅에 상륙한 수마트라군 10만을 황하의 새로운 국경선에 투입했고, 또 천진에 상륙한 10만의 수마트라군 중 5만도 황하 변으로 이동시켰다.

그리고 나머지 5만은 계속 북경으로 전진하도록 했다. 아무튼 삼군, 즉 대한제국군, 일본군, 수마트라군 중 최약체라 할 수 있는 수마트라군을 가장 중요한 청의 국경 일대에 주로 포진시킨 것은 그들의 체질과도 무관치 않았다.

전생에서 병호는 가끔 대만의 동사 소식을 듣고 놀란 적이 몇 번 있었다. 십 년만의 혹한이니 어쩌니 떠들며 영상의 날씨에도 몇 명이 동사했다는 소식을 영하의 추위 속에 겨울을 나는 병호로서는 도저히 납득할 수가 없었기 때문이다.

그러나 이런 뉴스를 접하면서 느낀 것이 있다면 열대 내지 아열대 기후에서만 살아온 사람들은 영상의 날씨 속에서도 죽을 수 있다는 것을 깨달은 것이다.

그래서 병호는 추위에 취약한 이들을 최남단에 배치했다. 어찌 되었든 이런 속에서 초전에 적 3만을 사살하고 2만을 사로잡은 동단의 대한제국군은 계속해서 러시아군을 추격했다.

이에 러시아군은 전투다운 전투 한번 제대로 하지 못하고 연일 후퇴하며 사상자와 항복 병사만을 양산한 채 쫓기고 또 쫓겼다.

그렇게 한 달이 흐른 4월 말이 되자 보급도 제대로 받지 못하고 밤낮으로 쫓긴 러시아군으로서는 제 풀에 꺾일 수밖에 없었다.

즉, 토끼몰이에 쫓겨 밤낮의 피로가 가중된 데다 영양실조로 더 이상 버티지 못한 그들이 대거 항복한 것이다.

그때까지 그들은 추가로 3만의 사상자를 더 내어 최종적으로 항복하거나 포로로 잡힌 러시아 병사는 총 7만에 달했다.

나머지 2만은 달아난 병사들이나 그중의 절반은 어느 이름 모를 오지에서 죽었으리라 아군 수뇌부는 판단하고 있었다.

이런 속에서 일본군과 러시아군 간의 전투는 중대한 고비를 맞고 있었다.

길이 무려 4,130㎞에 이르는 길고 긴 예니세이강, 그 전체로 보면 상류에 속한 아바칸까지 진주한 일본군은 잠시 휴식을 취하며 재정비를 단행했다. 그러는 와중에도 적의 기습에 대한 경계는 게을리하지 않았지만, 어느 날부터는 러시아군의 기습이 전혀 없었다.

이에 의아하게 생각하면서도 2만의 현지 주둔군을 남기고 중간의 1만 사상자를 제외한 27만은 다시 북진을 하기 시작했다.

그래도 여전히 러시아군의 기습은 없는 가운데 이들은 보름의 행군 끝에 크라스노야르스크(Krasnoyarsk)라는 시베리아 중핵 도시 강 우안에 이를 수 있었다.

문제는 이제부터였다.

이곳에 러시아 본토에서 증원된 10만 명과 유격전에서 사망한 1만을 제외한 애초의 러시아군 4만이 양안에 포진해 이들을 기다리고 있던 것이다.

처음부터 이런 대병의 밀집을 일본군이 눈치챈 것은 아니었다.

일본군이 이 도시 우안에 도착해 그간의 피로를 풀며 야영을 하던 밤사이에 러시아군이 일본군을 대거 기습했다.

일본군은 그간 기습이 없어 사실 약간 방심하고 있었다. 그런데 한밤중에 러시아군이 대거 밀려온 것이다. 지리에 어두운 일본군으로서는 이들이 매복해 있는 줄은 전혀 몰랐던 것이다.

곧 피아간에 피 튀는 혈전이 벌어졌고, 날이 샐 무렵에는 기습한 러시아군도, 당한 일본군도 상당한 피해를 입은 후였다.

일본군은 이 전투에서 3만의 사상자를 내었고, 기습한 러시아군도 비슷한 숫자의 인명 피해를 보았다.

기습을 해 유리한 전투를 이끌어야 했던 러시아군이 일본군과 비슷한 사상자를 낸 데는 다 그만한 사정이 있었다. 유럽에서도 가장 산업혁명이 늦게 진행되어 낙후된 나라가 러시아였다.

따라서 러시아는 아직도 분당 10~12발을 발사할 수 있는 니들건조차 전군에 보급하지 못하고 있었다.

최근에서야 최전방 부대에 보급한 정도였고, 여타 본토나 어중간한 지대의 병력은 조총을 비롯한 창칼 등의 구식 무기로 무장되어 있었다.

여기에 14만 러시아 병력 전체가 기습에 참여하지 않은 탓도 있었다.

이 기습전에 참가한 러시아 병사는 실제 8만에 지나지 않았던 것이다. 여기에도 그만한 이유가 있었다.

즉, 이곳 좌안에 도착한 러시아군도 도강을 해야 일본군을 기습할 수 있을 터인데 하항에 준비되어 있던 배로는 일본군이 진주해 오는 동안 모두 도강시킬 수가 없었던 것이다.

그래서 거의 같은 인명 손실을 보았고, 일부 기선이나 나룻배로 좌안으로 도망치는 러시아 병사들을 보고 일본군은 러시아군의 실체를 대강이나마 파악할 수 있었다.

도망치는 러시아군을 따라 천리경으로 좌안을 살피니 대해 같은 강 너머에는 아군의 추격에 대비해 러시아 병사들이 쫙 깔려 있었다.

또 좌안의 제법 발달한 도시에는 요새에 포까지 갖추고 있는 것을 보고 일본군 수뇌부는 대강이나마 적의 상황을 파악하고 고민에 빠졌다.

즉, 적을 멸하고 갈 것이냐, 아니면 계속 전진할 것이냐 하는 고민이었다.

일본군 수뇌부가 내린 최종 결론은 적들과 전투를 벌인다는 것이었다.

대한제국의 애초 작전 계획에 의하면 주요 거점 도시에는 일본군을 남겨 점령 상태를 유지하도록 되어 있었다.

　따라서 도시의 규모를 보니 이곳에는 최소 3만 정도의 병력은 남겨야 할 것 같았다.

　그런데 문제는 남은 3만이 좌안 러시아군의 집중 공격을 받을 수 있다는 것이다.

　그래서 전진만이 능사가 아니라 판단한 일본군 수뇌부는 또 하나의 고민에 빠졌다. 아군에게는 적과 같은 도강 수단이 없다는 것이었다.

　여기에서 한 가지 의문은 적도 이를 모르지 않을 터인데 대군이 좌안에 포진되어 있음을 노출한 것은 아군을 유인하기 위함이라는 것도 깨달을 수 있었다.

　사금(砂金) 산출로 활기를 띠기 시작해 1628년에는 크라스니야르 요새로 발족한 뒤 포까지 구비되어 있는 이 도시에서 이들은 도강하는 적과 싸우겠다는 심산인 것이다.

　아무튼 적을 멸하고 가기로 결정한 이상 일본군 수뇌부는 도강 수단을 찾아야 했다. 곧 일본군은 대대적인 일대 수색 정찰에 돌입했다. 이는 윤달이 들어 양력으로는 벌써 6월 초에 이르러 초목이 웃자라 있음에 은신해 있을 수 있는 적을 소탕하기 위함도 있었고 뗏목을 만들 산림자원을 찾기 위함도 있었다.

그렇게 일본군이 은신해 있는 적을 토벌하며 보름에 걸친 수색 정찰을 마친 결과, 남쪽으로는 해발 410m의 침엽수림이 조성되어 있고 지역의 북부와 동쪽으로는 평탄한 지형에 초원 지대가 펼쳐져 있음을 알 수 있었다.

이에 일본군은 아예 군 전체가 침엽수림 부근으로 이동했다.

그래야만 뗏목을 만드는 것에 보다 능률적이라 판단한 것이다. 이렇게 일본군이 뗏목을 만드느라 세월을 허비하는 동안 청국 조정 및 각 전선에서는 일대 변화가 일어나고 있었다.

문상이 도자기에 담긴 계량의 유해를 안고 하염없이 찾아간 곳은 낙양이 아닌, 나는 새도 건너기 어렵다는 촉의 잔도를 지난 사천의 성도(省都)가 아닌 중경(重慶)이었다.

경사가 겹친다는 중경(重慶)이라는 이름과 달리 청나라 황제 함풍제는 대한제국의 공격 소식에 놀라 급히 자금성을 등지고 낙양으로 피신했고, 만리장성이 돌파되었다는 소식에 이어 천진에 대거 적군이 상륙했다는 소식에는 더욱더 놀라 5천 궁녀를 이끌고 머나먼 피난길에 올랐던 것이다.

그래서 도착한 곳이 장강(長江)과 가릉강(嘉陵江)의 합류 지점에 위치해 예로부터 물류 집산지로 유명한 중경이었다. 아무튼 문상이 장강과 희릉강이 만나는 지점에 있는 조천문(朝

天門)을 들어서자 중국의 사대 화로(火爐)로 유명한 이곳은 벌써 땀을 뻘뻘 흘릴 정도로 심하게 더웠다.

열심히 땀을 훔치며 명나라 초에 건설된 고성(古城)에 도착하니 이건 또 무슨 일인가. 초상집 분위기인 탓에 바로 황제를 면담할 수조차 없었다.

몇 번을 가슴이 덜컥한 데다 기나긴 피난 여정에 얻은 병이 위중해져 몸져누운 탓이었다.

하긴 함풍제의 원 수명이 1년여밖에 남지 않은 데다 원역사와 달리 머나먼 피난길에 병마저 얻었으니 죽어도 이상할 것 하나 없었으나 이들이 알 턱이 없었다.

아무튼 자신의 대에 많은 영토를 빼앗겼다는 울분을 술과 색으로 풀려 하니 금년 30세의 아무리 젊은 황제라지만 여독까지 겹쳤음에 중경에 도착하자마자 시름시름 앓더니 이제는 때때로 의식조차 불명이었다.

이에 일찍이 가슴 깊이 야망을 숨겨온 숙순과 훗날 서태후(西太后)라 불리는 총비 자희황후(慈禧皇后) 사이에 바야흐로 피 튀는 권력 쟁탈전이 벌어지기 시작했다.

정신이 오락가락하는 병상의 황제를 두고 서로 유서를 위조하려 하는 것은 물론 서로 옥새를 손에 넣으려고 온갖 수단을 다 동원하고 있던 것이다. 아무튼 내전에서는 이런 일이 벌어지는 줄도 모르고 이궁의 공친왕과 문상은 서로 마주하고 있었다.

"황하 이북에 대만, 거기에 티베트까지 내놓으라고?"

"그렇습니다, 각하."

"이것들이 보자 보자 하니… 그래서?"

"분기를 참지 못한 계량 특사께서 비수를 가슴을 찔러 순절하셨으나 총리라는 놈의 태도는 요지부동이었습니다, 각하."

"허허, 그런 일이……!"

종전 분노를 표출할 때와는 달리 암담한 표정의 공친왕 혁흔이 천장을 보며 중얼거렸다.

"이럴 때 폐하라도 건강하셔야 뭔 대책이라도 세우는 것인데……."

"위중하십니까?"

"아무래도 사흘을 넘기지 못하실 것 같소."

"그렇다면 크, 큰일이로군요."

"그렇소."

공친왕이 답답한 듯 머리를 흔들며 긴 한숨을 내쉬는데 하루를 숨 가쁘게 달려온 태양은 오늘도 서서히 그 긴 꼬리를 서산에 드리우고 있었다. 마치 청나라 조정처럼.

*　　　*　　　*

함풍제의 병세가 악화되자 슬그머니 딴마음을 품는 자가 생겨났다.

숙순과 황족 이친왕(怡親王) 재원(載垣)이었다. 두 사람만은 은밀히 만난 가운데 숙순이 이친왕에게 속삭였다.

"폐하의 병세가 위독하여 회복할 가망이 없소. 하니 우리 두 사람을 섭정에 임명하는 조칙을 내리도록 아룁시다. 그런 다음 서태후와 황자를 제거해 버리면 천하는 우리의 것이 아니겠소?"

이 말을 들은 마음 약한 이친왕은 두려운 빛을 감추지 못하며 말했다.

"나는 그런 일을 못 하오. 황상이 붕어하면 황자가 그 뒤를 잇는 것은 이미 정해져 있는 일이오. 두 사람을 제거한다고 하지만 그 전에 우리의 목이 날아갈 것이오. 내 비밀은 지킬 테니 당신 혼자서 추진하시오. 나는 못 하겠소."

그러자 숙순이 말했다.

"나 혼자서 하라니 그것은 말이 안 되오. 이 비밀을 이미 당신이 알고 있으니 당신이 끝까지 거절한다면 나는 황상께 당신이 서태후와 황자를 해치려 한다고 아뢰겠소. 그리되면 당신의 목은 성치 못할 것이오. 황상께서는 나를 절대 신임하고 있으니 내 말을 믿을 것 아니겠소?"

이 말에 이친왕은 어쩔 수 없이 숙순과 함께 함풍제의 병상으로 향해 가 아뢰었다.

"소신들을 섭정에 임명해 주십시오."

그러나 이미 말도 제대로 하지 못하는 함풍제는 거절한다는 뜻으로 고개를 흔들었다. 이친왕은 단념하고 물러나려 했으나 숙순이 이친왕의 소매를 잡고 황제에게 다시 한번 아뢰었다.

"우리를 섭정에 임명해 주십시오, 황상!"

그러나 일이 안 되려는지 황제는 곧 의식불명에 빠져 아무런 답이 없었다. 그런데 이들 두 사람의 행동을 서태후의 심복 환관이 주시하고 있다는 사실을 이들은 눈치채지 못하고 있었다.

환관의 고변으로 이런 일을 알아차린 서태후는 곧 어린 황자를 데리고 함풍제의 병상으로 들어가 고했다.

"폐하, 이 황자에게 제위를 물려주실 의향이시지요?"

하지만 여전히 의식불명 상태인 함풍제가 답할 리 만무했다.

그러자 서태후는 기회를 잃어서는 안 된다고 판단하여 즉시 환관을 불러 조서를 작성하도록 지시했다.

그리고 그녀 스스로 조서 내용을 구술하기 시작했다. 이에 환관이 급히 받아 적었다. 그 내용은 다음과 같았다.

"황자가 너무 어리므로 동태후와 서태후에게 섭정을 명하노라."

이렇게 하여 황제의 위조된 조서를 품에 간직한 서태후가 그 자리를 급히 떠나고 이틀 후 드디어 함풍제가 세상을 떠났다.

곧 전국에 그의 붕어 소식이 발표되었고, 숙순과 이친왕은 급히 서태후를 찾아가 말했다.

"선제로부터 우리 두 사람을 섭정으로 임명한다는 말씀이 있었습니다."

그러자 서태후가 코웃음을 치며 말했다.

"홍! 이 조서를 보시오. 황자에게 제위를 물려주되 황자가 너무 어리니 두 태후에게 섭정을 맡긴다는 말이 쓰여 있질 않소?"

말과 함께 서태후가 문제의 위조된 조서를 내보이자 숙순이 눈을 크게 뜨고 그녀가 내민 조서를 받아 읽어 내려가기 시작했다. 그러던 그가 돌연 코웃음을 치며 말했다.

"홍! 이 조서에는 황제의 옥새가 찍혀 있질 않습니다. 이 조서는 위조했음이 분명하므로 무효입니다."

사실 서태후로서도 이런 사태는 예상하지 못했으므로 내심 무척 당황했다.

그러나 짐짓 태연한 태도를 연출하면서 조서를 돌려받았다. 그리고 곧 자리를 떠났다.

문제는 지금부터였다. 누가 먼저 황제의 옥새를 차지하느냐는 것이었다. 이에 이르러 숙순은 조선 총리 김병호의 말이 새삼 상기되었다.

'이래서 옥새를 먼저 수중에 넣으라 했구나!'

실로 그의 선견력에 다시 한번 놀라며 숙순은 급히 옥새를 찾기 위해 손수 다시 황제의 빈소가 차려진 곳으로 향했다.

그러나 그 시간 서태후의 지시를 받은 환관도 옥새를 수중에 넣기 위해 옥새가 있는 밀실로 향하고 있었다.

그런데 둘은 부딪치지 않았다. 이 명나라 때 지은 고궁에는 유사시를 대비한 암도(暗道)가 축조되어 있었기 때문이다. 아무튼 환관이 촛불 하나를 켜 들고 부지런히 암도를 걸어 옥새를 손에 넣고 얼른 그 자리를 벗어났다.

그 순간 간발의 차로 숙순도 그곳에 도착해 옥새를 찾기 시작했다.

그러나 이미 환관의 손에 들어간 옥새가 있을 리 만무했다.

이로써 숙순의 야심은 꺾였고, 서태후가 승리하여 일단은 권력을 장악하게 되었다.

즉, 정식 황후인 동태후에게는 아들이 없었으므로 의귀비 서태후가 낳은 다섯 살의 어린 황자 재순(載淳)이 즉위하여 동치제(同治帝)라 부르게 되었으며, 어린 황제를 두 태후가 후견하게 된 것이다.

그러나 두 사람이 수렴청정을 행했어도 동태후는 전혀 권력욕이 없었으므로 사실상 모든 권력은 서태후의 손아귀에 들어간 것이나 마찬가지였다. 아무튼 실권을 쥔 서태후는 비밀리에 공친왕을 불러들여 야심을 표출한 숙순과 이친왕을 제거하도록 명했다.

이에 공친왕 혁흔은 혼자 곰곰이 생각한 결과 이 위난의 시대를 맞아 한 명의 인재라도 버릴 때가 아니라고 판단했다. 그래서 그는 곧 밀계를 내어 이친왕은 잡아 죽였지만 숙순만은 대한제국 총리와의 친교를 고려해 그를 주한 대사로 임명해 한양으로 쫓아버렸다.

그리고 자신의 견해를 서태후에게 아뢰니 그 역시 찬성하며 공친왕을 의정왕대신(議政王大臣)에 임명해 군기처(軍機處)와 총리아문(總理衙門)을 장악케 했다.

이에 공친왕은 단련의 중요 인물인 증국번(曾國藩), 이홍장(李鴻章) 및 학계의 거두 좌종당(左宗棠) 등을 채용해 전통적 체제를 회복하는 등 '동치중흥(同治中興)'의 새 시대를 열기 시작했다. 물론 문상도 중용되었다.

이렇게 청나라 조정이 일신되어 전열을 가다듬는 동안 조선 내각에는 때 아닌 천도론(遷都論)이 급부상했다.

즉, 대한제국의 도읍을 한양이 아닌 북경으로 옮기자는 안이 각료들 사이에 회자되기 시작하더니 급기야는 황제 원범이 총리 김병호를 자신의 집무실로 부르는 사태로까지 번졌다.

곧 황제의 집무실을 찾은 병호가 정중히 고개를 조아렸다.

"부르셨사옵니까, 황상?"

"네, 거기 좀 앉으세요."

"네, 황상."

담담히 답한 병호가 가죽 시트에 앉아도 황제는 서운한 감정을 표출하지 않았다. 아니, 못했다. 옛날 같았으면 황제의 앉으라는 말에 '성은이 망극하옵니다!' 등의 예법이 동원되어야 마땅하나 실세인 그에게 그런 요구를 하는 것은 무리였기 때문이다.

아무튼 한동안 그윽이 병호를 바라보던 황제 원범이 미소 띤 얼굴로 말했다.

"총리께서도 들으셨는지 모르겠지만 북경으로 천도하자는 대신들이 많소. 총리께서는 이를 어찌 생각하오?"

"소신 역시 그런 말을 들은 적이 있습니다. 하지만 아직 북방의 전투가 끝난 것도 아니옵고 섣부른 천도는 자만심만을 양산해 각 대신이나 백성들이 안일에 젖을까 근심이 크옵니다, 황상."

"흐흠!"

황제 원범이 못마땅한지 침음하며 말이 없자 병호가 보충 설명을 했다.

"우리의 속담에 김칫국부터 먼저 마신다는 말이 있고, '곁방살이 코 곤다'라는 속담이 있습니다. 이 두 속담이 의미하는 바가 무엇이겠습니까? 남의 집에서 곁방살이를 하는 사람이 코를 곤다는 것은 제 분수도 모르고 버릇없이 함부로 굴거나 나그네가 오히려 주인 행세를 함을 이르는 말인즉 아직은 그럴 때가 아니라 보옵니다, 황상."

열성조 대대로 청나라에 조공을 바치다가 작금은 그들을 황하 이남으로 쫓아내고 그들의 도성까지 차지해 거대하다는 천자의 자금성에 들어 천하를 굽어볼 꿈에 부풀어 있던 원범으로서는 병호의 말에도 쉽게 단념할 수 없어 물었다.

"훗날에는 가능하겠소?"

"어느 정도 나라가 안정이 된 후에 다시 한번 생각해 보는 것으로 하죠, 황상."

"총리의 뜻이 정 그렇다면 어쩌겠소. 따르는 수밖에."

쓸쓸한 빛으로 말하는 황제를 보고 내심 안쓰러운 생각이 든 병호가 다른 제안을 했다.

"정 황상이 원하시오면 황실만 북경으로 천도하는 것은 어떻겠사옵니까, 황상?"

"하면 비능률적이 되지 않겠소? 재가를 받을 공문서 하며 모든 것이 번거로울 텐데……."

"그래서 신도 적잖이 망설인 것입니다."

"짐이 알기로 총리가 가장 경계하는 것이 비능률인데, 이를 감수해 가면서까지 일을 벌이고 싶지는 않군요. 총리의 말대로 전쟁이 끝나고 더욱 나라가 강성해졌을 때 다시 한번 생각해 보는 것으로 합시다."

"신의 염려를 받아주시니 감사하옵니다, 황상."

"뭘 그런 일을 가지고. 그러나저러나 두 태후마마도 은근히 고대하고 계신 것 같던데 어떻게 말씀드려야 할지 난감하외다."

"겨울 전에 발리섬 행궁 조성이 마무리될 것 같사옵니다, 황상. 따라서 피한(避寒) 겸 사시사철 따뜻한 그곳에 두 분 태후마마를 모시고 다녀오는 것이 어떻겠사옵니까, 황상?"

"어찌 황실만 호사를 누릴 수 있소? 총리도 함께 간다면 모를까 황실만은 싫소."

"허허, 거참……."

난처한 표정을 짓던 병호가 답했다.

"아직 많은 시간이 남았으니 그때 가서 다시 한번 거론하는 것으로 하죠, 황상."

"그럼 그렇게 합시다."

"네, 황상."

"모처럼 들렀는데 술이나 한잔할까요?"

"듣기로 아직도 약주를 많이 드신다고 걱정들이 이만저만이 아니던데……."

"절제하는 방향으로 하겠소."

"그런 의미에서 다음 기회로 미루죠, 황상."

"허허, 거참……. 그럼 그렇게 합시다."

"그럼 이만……."

간단히 예를 표한 총리가 물러가자 원범은 곧 창가로 다가가 원경(遠景)에 시선을 두었다.

한편, 침엽수림이 우거진 곳으로 부대를 옮긴 일본군은 머지않아 3교대로 뗏목을 엮는 작업에 전념하였다.

이들이 3교대 체제로 전환한 데는 다 그만한 이유가 있었다.

즉, 러시아군이 수시로 기습을 자행하는 탓에 군 전체를 셋으로 나눈 것이다.

일군은 러시아군의 기습에 대비하고, 일군은 뗏목을 엮고, 일군은 취침을 하게 한 것이다.

그 결과 2개월이 흐른 7월에는 수백 척의 뗏목을 만들어놓을 수 있었다.

그러나 문제는 기온이었다. 한겨울에는 영하 40도까지 떨어지는 추위가 예사인 이곳은 벌써 불 없이는 밤의 기온을 버텨내기 어려울 정도가 되었다.

이에 수뇌부는 곧 단안을 내려 도강할 것을 결심하고 전투명령을 하달했다.

그러나 문제는 저들도 맞은편 침엽수림으로 옮겨와 지리적으로 좋지 않다는 점이었다.

저들이 수림에 은신해 있으니 자신들만 적에게 노출된다는 것이다.

이에 도강 지점을 시가지와 침엽수림의 중간으로 정하고 일본군은 대대적인 도강작전에 돌입했다. 뗏목 하나에 일본군 수십 명이 승선해 시가지 쪽으로 노를 저어 가자 러시아군도 이를 저지하기 위해 기존의 선박과 뗏목을 타고 맞대응에 나섰다.

곧 양 진영 간의 화력이 불을 뿜기 시작했다.

탕! 탕! 탕!

타다다다, 탕탕탕!

"으악! 켁!"

"컥……!"

비 오듯 쏟아지는 총탄 속에서 속절없이 귀한 생명이 스러지고 곧 주변 강물 일대가 붉은 빛으로 화하기 시작했다. 이렇게 치열한 교전이 이각 정도 진행되자 양 진영 간에 우열이 드러나기 시작했다.

상대적으로 무장이 빈약한 러시아 측이 2 대 1 비율로 더 많은 사상자를 낸 것이다.

따라서 러시아 측 뗏목과 선박이 점점 무인화되어 가자 일본군은 희생을 무릅쓰고 최대한 적 가까이 달려들어 저들의 선박이나 뗏목을 탈취하려 들었다.

곧 그 효과가 나타나기 시작했다.

탈취 과정에서 많은 인명이 희생되었지만 적이 소유하고 있던 것들이 하나둘 일본군 소유가 되기 시작한 것이다. 그 결과는 더욱 빠른 속도로 러시아군의 궤멸을 불러오기 시작했다.

이렇게 이각의 전투가 더 진행되자 러시아 측 선박이나 뗏목 모두가 일본군 소유가 되어 이들은 일제히 강 서안으로 몰려가 상륙을 기도하기에 이르렀다.

이에 강 서안에 있던 러시아 측도 일제히 대항하니 양군 간에 또다시 피비린내 나는 일대 격전이 전개되기 시작했다.

탕탕탕!

타당타다다, 탕탕탕!

피아간에 쏟아내는 총탄에 처처에서 처참한 비명 소리와 함께 귀한 생명들이 생을 달리하기 시작했다.

그럼에도 불구하고 뭍으로 오르려는 자들과 이를 저지하려는 자들 간에는 목숨을 건 쟁투가 반 시진 정도 계속되었다.

그러자 비록 상륙이라는 어려운 여건 속에서도 우세한 화력을 지닌 일본군이 교두보를 마련함은 물론 그 범위를 점차 넓혀가기 시작했다.

이런 데는 시가지에 축조된 요새의 함포를 피한 것도 일본 측에게는 큰 도움이 되었다.

아무튼 강변 곳곳에 교두보가 확보되고 이들의 화력 지원에 힘입어 연이어 일본군이 뭍에 발을 딛자 러시아군은 점점 비세에 빠졌다.

그러길 반 시진.

이제는 육상에도 충분한 병력을 확보한 일본군이 공세로 전환했다.

탕! 탕! 탕!

타타다다, 탕탕탕!

싸움으로 업을 삼아온 사무라이들의 거침없는 질주에 무기

물이 풍부한 흑색의 대지가 더욱 검붉어지기 시작했다.

또한 곳곳에 놓인 러시아군의 시체가 일본군의 진격을 방해할 정도로 러시아군은 패배 일보 직전의 상황에 내몰렸다.

그렇다고 일본군의 희생이 전혀 없는 것은 아니었다. 그들역시 2 대 1 비율로 인명 손실을 보고 있음에도 불구하고 아랑곳없이 적의 숨통을 끊기 위해 더욱 악착같이 러시아군을 밀어붙이고 있었다.

그렇게 이각의 전투가 더 진행되자 견디지 못한 러시아군이일제히 등을 돌리고 달아났고 일부는 생포되거나 자진 항복하기 시작했다. 이에 일본군 수뇌부는 추격을 중지시키고 전장 정리를 하도록 명했다.

그렇게 해 일본군은 아군 부상자부터 옮겨 치료를 받을 수있도록 하고 시체는 피아 구별해 한곳으로 모았다. 또한 병기는 피아 구분 없이 한곳에 모았다.

그러자 방치된 러시아 병사들의 고통을 호소하는 비명 소리와 신음만이 북방의 까마귀 떼를 불러 모으는데 일본군의잔인한 조처가 취해졌다.

경상자 외에는 모두 목숨을 취해 버린 것이다. 그것도 총탄이 아까워 획득한 러시아 병사들의 창검을 사용했다. 이에 여기저기에서 토악질하는 소리가 들려왔다.

과도한 아드레날린의 분비로 마비되었던 이성이 차차 돌아옴도 있었고, 목불인견의 참상과 피비린내에 곳곳에서 구토를 하고 있는 것이다.

이렇게 일단의 전투가 끝나 인원 파악을 해보니 일본군 3만이 전사했고 2만이 중경상을 입었다. 러시아군 또한 7만의 전사자와 2만의 포로가 발생했다.

그러고 보면 러시아군은 채 2만도 안 되는 놈들이 살아 돌아간 셈이다.

일본군 또한 2만의 부상자를 제외한 온전한 병력은 19만밖에 되지 않았다.

여기에 아바칸에 주둔 중인 2만 병사가 있으니 총 23만의 병사가 있는 셈이다.

따라서 일본군 또한 벌써 10만의 인명 손실을 본 것이다.

아무튼 일박하며 전열을 재정비한 일본군은 그 이튿날 아침 일찍부터 크라스노야르스크 시가지를 향해 보무도 당당히 전진하기 시작했다. 그러나 그들의 보무도 당당한 행진도 한 시간 남짓.

곧 그들의 행진은 다급한 구보로 바뀌어야 했다.

시가지에 거대한 불꽃과 검은 연기가 치솟기 시작했기 때문이다.

한 가지라도 구할 것이라고 달리고 달려 그날 저녁 시가지에 입성한 일본군은 큰 실망에 젖었다. 남은 것은 잿더미와 잔불밖에 없었기 때문이다.

곧 일본군 수뇌부는 이 모든 상황을 대한제국 내각에 전하려고 전령을 띄우고 나니 얼마 지나지 않아 그들에게 일단의 위안거리가 생겼다.

동계 피복을 비롯한 대규모 군수품이 수많은 낙타와 말, 소 등의 가축에 실려 도착했기 때문이다.

*　　　　*　　　　*

후방에서 전쟁을 총지휘하는 내각의 수장 병호의 애로 사항도 이만저만이 아니었다.

전투에 대한 조바심도 조바심이지만 승리를 했다 해도 군의 재배치며 최일선까지 군수품을 보급하는 일 등 어느 하나 쉬운 일이 없었기 때문이다.

전국에 산재한 군수품 공장을 밤낮으로 가동시켜 총기 및 탄약을 충분히 비축하고 군이 먹을 수 있는 통조림 등 여타 전투식량을 공급함은 물론 그들의 옷가지, 특히 동계 피복의 장만도 결코 쉬운 일이 아니었다.

전쟁 일 년 전부터 두꺼운 누비 솜옷을 상중하 세 크기로 나누어 제작해 왔지만, 90만 벌 이상을 제작한다는 것은 결코 쉬운 일이 아니었다.

이에 모든 수출을 중단함은 물론 조선의 각 가정에도 지침을 내려 누비 솜옷을 공출받도록 했다. 물론 그만한 돈을 지불하고 나라에서 사는 것이다.

그렇게 해서 겨우 7월 말이 되어서야 30만 수마트라군은 물론 24만의 일본군, 그리고 30만의 아군 예비군, 또 러시아군 포로 9만에 대한 동계 피복 공급이 모두 이루어졌다. 물론 기존 대한제국군은 이미 동계 피복이 지급되어 있었기 때문에 이들은 제외된 숫자였다.

아무튼 이 과정에서 전선의 재배치며 러시아군 포로에 대한 조치도 취해졌다.

동부 방면 아군이 러시아군에 대해 대승을 거두자마자 그들은 곧 장성을 돌파한 일본군과 교대를 해야만 했다.

따라서 장성을 돌파한 일본군 10만은 크라스노야르스크 전투에 참여할 수 있었고, 북경성 점령은 아군에 의해 이루어졌다.

이와 동시에 천진에 상륙한 5만 수마트라군은 다시 대만 남부 도시 고웅으로 철수하여 대만 점령에 나섰다.

그리고 주지한 바와 같이 수마트라군 15만은 황하 변에 포진되어 청국과의 새로운 국경을 철통같이 지키게 되었다. 이런 속에서 북경을 점령한 15만 대한제국군은 3만은 북경에 상주하고 나머지 12만은 각 성으로 흩어져 곳곳에서 저항하는 청국의 반란 무리 제압에 나섰다.

그 일군 중에는 몽고로 진출한 군도 있어 그들로부터 가축을 공급받아 아군의 보급에 기여토록 했다. 이 밖에 장성 밖의 새로 점령한 아군의 만주 영토에는 동부 전투의 후방을 담당했던 아군 동원 예비군이 질서를 유지했고, 동부 러시아군 포로 7만은 바이칼호를 경유하는, 러시아 영토로 개착되는 철도 건설에 동원되었다.

물론 이 철도 건설은 대한제국의 최대 현안이 되어 민간 기술자는 물론 청국 노동력까지 동원되어 구간별로 나누어 진행되고 있었다.

따라서 일본군에 포로가 된 러시아군 2만도 아군에 인도되어 크라스노야르스크와 몽골 북방의 철도 건설에 동원되었다.

이렇게 어수선한 가운데 일본군 전령으로부터 크라스노야르스크 승전 소식을 접한 병호는 곧 일본군에게 명을 하달했다.

즉, 크라스노야르스크에 5만의 병력을 주둔시키고 나머지 병력은 겨울이 오기 전에 빠르게 전진하여 예니세이강과 안가라강의 합류점에 군사 거점 도시 하나를 건설하도록 명한 것이다.

이렇게 하여 9월이 되자 일본군으로부터 두 강이 합류하는 지점까지 정복했다는 소식이 들어왔다. 이에 병호는 그들의 노고를 치하하고 그곳에서 겨울을 나도록 명했다. 북방은 벌써 빙설 천지가 되어 더 이상의 전진은 무리라 판단했기 때문이다.

이렇게 전투가 소강상태에 든 속에서 돌연 일본에서 특사하나가 파견되어 왔다. 병호도 익히 알고 있는 막부의 책사가쓰 가이슈였다. 수인사가 끝나자 병호가 가쓰 가이슈에게온 용건을 물었다.

"무슨 일이오?"

"벌써 우리 병력 9만이 전사하고 1만이 중상을 입었다는 소식을 들었습니다. 이만하면 우리의 할 도리는 다한 것 같은데아군을 철수시키면 안 되겠습니까, 각하?"

"흐흠!"

잠시 생각에 잠겨 있던 병호가 답했다.

"물론 일본군이 많은 피해를 보았다는 것은 인정하나 지금철수시킨다는 것은 애초의 약속과 어긋나고 또 끝을 보지 않고 중간에 철수시키는 것은 똥을 누다 만 것처럼 찜찜한 일아니오?"

병호의 말에 가쓰 가이슈가 돌연 핏대를 세웠다.

"말씀이 지나치십니다, 각하! 각하가 보기에는 똥을 누다만 것처럼 찜찜한 일일지 모르나 우리 일본으로 보면 병사 하나하나의 소중한 목숨이 달린 일입니다. 그런 것을 그렇게 표현하신다는 것은 지나친 언사가 아닌가 합니다."

"흐흠! 그 표현은 내가 취소하도록 하지. 그래, 막부가 원하는 것이 무엇이오?"

"원하는 것이 없습니다. 단지 철수를 바랄 뿐입니다. 일본 내의 소문도 흉흉하고."

"좋소, 내 돌아가는 일본 병사 개인당 쌀 한 석씩을 지급하도록 하리다."

"물론 올해 아국이 고르지 못한 날씨에 흉년이 든 것은 사실이나 쌀 한 석으로 병사의 목숨을 판다는 것은 썩 내키지 않는 일입니다, 각하."

"기존 약속한 총기도 있질 않소?"

"물론 그렇기는 합니다만……."

"그 모든 것을 떠나 상호 수호조약을 생각해 보시오."

"그야 대한제국이 침략을 받았을 때이지 공격에 동원하라는 조약은 아니잖습니까?"

"물론 금번에는 우리가 먼저 손을 썼지만 애초의 발단은 러시아의 남하로 비롯되었음을 잊지 마시오."

"더 이상의 말싸움은 무의미하고, 정 대한제국에서 아국 군대의 주둔 기간을 더 원하신다면 더 많은 지원을 해주십시오, 각하."

"원하는 것이 있으면 말해보오."

"함정과 총기 제작 기술입니다, 각하."

"하하하! 욕심이 과하군."

"하면 우리는 대한제국이 원하는 그날까지 아군 병력을 지원할 용의가 있습니다, 각하."

"흐흠! 그 문제는 나 혼자 결단할 수 없으니 좀 기다리시오. 내각회의 후 그 결과를 알려주도록 하겠소."

"좋은 결과 기대하겠습니다, 각하."

"모처럼 만인데 우리 오늘 명월관에 한번 들릅시다."

"종전에 제가 드린 제안이 기생집에 들르는 것만으로 양보할 사안이 아닌 것은 잘 아시죠, 각하?"

"하하하! 이 사람이 지금 무슨 섭섭한 말을 하는가? 두 사람의 우의를 위해 술 한잔하자는 것을 국사와 결부시키다니. 나 또한 그런 사람이 아니니 염려하지 않아도 되네."

이제 완연한 반말로 병호가 친근하게 굴자 가쓰 가이슈도 부담을 내려놓은 채 병호의 제의에 기꺼이 응했다.

다음 날 오후.

내각회의 후 결정을 본 병호가 가쓰 가이슈를 자신의 집무실로 불러들였다. 그러자 하룻밤 사이에 과음으로 해쓱해진 얼굴의 가이슈가 들어와 물었다.

"잘 결정되었습니까, 각하?"

"좋소, 내 결론부터 말하지. 드라이제 소총 제작 기술과 기범선 제작 기술을 공여하도록 하지."

"실망입니다, 각하. 우리는 대한제국만이 실전에 사용하고 있는 최신 소총과 증기 터빈을 장착한 최신 함정 기술을 요구하는 것입니다!"

"그건 그 어느 나라에도 공여할 수 없는 기술이니 애초부터 협상 대상이 아니오. 하니 당장 일본군을 철수시킨다 해도 들어줄 수 있는 사안이 아니오."

"허허, 거참……"

난처한 표정을 짓던 가쓰 가이슈가 정색을 하고 말했다.

"하면 추가로 드라이제 소총 30만 정과 기범선 20척, 더하여 연 삼만 석의 쌀을 지원해 주십시오."

"이 사람들이 지금 기둥뿌리를 뽑을 작정인가?"

"그런 것은 절대 아니고, 대한제국의 국력이라면 그 정도는 일도 아니잖습니까, 각하!"

일단 여기서 말을 멈춘 가쓰 가이슈가 흥분한 듯 콧김을 씩씩 내뿜으며 장광설을 토해내기 시작했다.

"황하 이북의 광대한 청의 영토에 1억 2천만 명의 새로운 인구가 생겼음은 물론, 또 북방의 광활한 러시아 영토는 어떻습니까? 늦어도 명년이면 기존 대한제국 면적의 십여 배 이상의 광대한 영토가 새로 편입되질 않습니까? 하니 이제 일본이 아무리 날고 기어도 대한제국의 속박을 영원히 벗어날 수 없을 것인데 무엇이 두려워 주저하십니까, 각하?"

"물론 귀하의 말이 모두 사실이지만, 지원한 대가치고는 너무 과해."

"후후후! 이거 왜 이러십니까? 일본이 얻은 정보에 의하면 청나라로 진주한 대한제국군에 의해 이제 명년이면 그들 백성들조차 징집되어 군 편성이 될 것 아닙니까? 하면 대한제국이 마음만 먹으면 100만 대군을 양성하는 것도 일도 아닐 것입니다. 그렇게 되면 일본군이 더 이상 진주할 필요도 없고요."

가쓰 가이슈의 말에 손을 내저으며 병호가 말했다.

"그게 그렇게 간단한 문제가 아니오. 물론 귀하의 말대로 청나라에서 편입된 백성도 징집이 예정되어 있으나 그 연령대 전부 다가 아니오. 충성도 검사부터 해서 차츰 징병할 것이니 그렇게 많은 숫자는 아닐 것이오. 물론 5년 후에는 청나라에서 편입된 백성을 모두 정신 개조를 시켜 100만 대군을 양성할 수도 있겠지. 하지만 당장 내년부터 그럴 수는 없소."

"그러니까 5년을 기한으로 상정하고 그런 지원을 해주시면 되지 않습니까, 각하?"

"좋소, 그럼 이렇게 합시다. 5년을 기한으로 하되 일본의 요구를 1년 단위로 나누어 주둔한 연수만큼 주는 것으로. 만약 우리가 3년 후 일본군이 필요 없다 생각되면 총기 같은 경우 18만 정만 공급되는 것이지."

"더 이상의 요구는 무리지요?"

"잘 알면서 왜 이러나, 이 사람아!"

타협이 되었다 생각되자 병호가 반말로 친근함을 표시했다.

"아이고, 귀국해서 총 맞아 죽는 것은 아닌지 모르겠네."

"그만하면 충분히 얻어낸 것이니 누구라도 자넬 칭찬할 걸세."

"문서화하죠?"

"물론 그래야지."

이렇게 되어 병호는 5년의 시간을 벌었고, 일본은 나름 많은 것을 챙길 수 있었다. 그러나 이제 대한제국 국력 전체로 보면 그들이 챙겼다는 것은 빙산의 일각이니 병호로서는 일본에 대한 두려움이 없었다.

그리고 일본이 조용하도록 내버려 두지도 않을 생각이었다.

*　　　*　　　*

1861년 3월 3일.

어느덧 해가 바뀌고도 춘삼월 삼짇날이 되었다. 강남 갔던 제비도 돌아온다는 삼짇날이 되자 궁에서 화전을 붙여놓고 병호를 초대했다. 그러나 병호로서는 그것을 즐길 만한 여유가 없었다.

일이 바쁘기도 했지만 그보다는 마음의 여유가 그만큼 없다는 것이 보다 정확한 표현일 것이다. 북방에서는 해빙기를 맞아 다시 북진을 시작하고 작년 9월부터 시작된 대한제국의 개혁 속도가 더욱 빨라졌다. 개혁 현장 중에서도 가장 큰 변화를 보인 것은 군이었다.

기존 대한제국 본토에 거주하는 백성 중 남자라면 16세에 징집되어 3년의 군복무를 하는 것은 당연했지만, 이들에게 주어진 훈련 시간이 이제는 기존 1개월에서 3개월로 늘어났다.

이들 모두가 일반 병이 아닌 하사 이상의 계급장을 달기 때문이었다.

그리고 또 하나의 변화는 3년을 마친 전역병이라면 누구든지 지원만 하면 장교의 길이 열렸다.

즉, 3개월의 재교육 후 소위로 임관이 되는 것이다. 징집 제도의 변화는 이뿐만이 아니었다.

기존 청나라 영토에 살다가 작년에 아국 영토로 편입된 백성 중 16세에서 20세에 이르는 청년은 누구나 대한제국군에 지원할 수가 있었다.

단 이들에게는 특혜가 주어졌다. 지원에 응해 3년을 복무하면 경찰이나 선생으로 특채될 수 있는 길이 이들에게 보장되었던 것이다.

그러니까 이들은 3개월의 훈련 기간 동안 조선의 말과 글을 배우는 것은 물론, 이후에도 경찰이나 선생이 될 수 있도록 소정의 교육 과정을 이수해야 하는 것이다.

물론 원하는 자에 한해서이지만 공무원이 되길 원하는 자가 아니면 지원할 까닭도 없으니 금년에 지원한 자 30만이 지금 이 길을 걷고 있는 것이다.

물론 상부의 지시라면 전투에 동원될 수도 있으니 목숨을 담보로 한 군인의 길이었다.

또 예비군 복무 기간도 길어 기존 대한제국의 국민이 10년인데 비해 이들은 15년을 예비군으로 복무해야 했다. 이런 속에서 기존 청국의 영토이던 곳에는 한글과 한자, 대한제국어와 중국어가 공용어로 채택되었다. 기존의 만주어는 퇴출된 것이다.

또 이곳에서만은 모든 중요한 자리에 부(副) 자를 단 대한제국인과 중국인 복수의 부서장이 임명되어 아국에 편입된 중국인을 예우했다. 물론 이 제도가 청나라 때부터 시행된 제도이긴 하나, 그들의 상실감을 달래는 데 크게 기여했으므로 다시 채택된 제도였다.

또 기존 중국 영토이던 곳의 성도(省都)에는 당장 3년제 소학교가 생겨 중국인의 내국인화에 박차를 가하기 시작했다. 또 하나 눈에 띄는 것은 대대적인 철도 건설이었다.

북방의 새로운 러시아 영토로 향하는 노선은 물론 중국 내륙에도 종횡으로 철도가 기획되었다.

현지의 가난한 백성을 우선적으로 채용하는 대대적인 토목 공사가 벌어진 것이다.

각 구간별로 나누어 진행하되 하천마다 철교나 시멘트 다리가 놓여야 하므로 철도 부설이야말로 대대적인 공공사업이 아닐 수 없었다. 이를 위해 나라에서는 국채를 발행해 재원을 충당하기로 했다.

이는 청국인을 아국인으로 편입하기 위한 선심 공세의 일환으로 작년에는 이들로부터 전혀 세금을 징수하지 않았기 때문에 어쩔 수 없이 취한 재원 조달 방법이었다.

물론 올해부터는 대한제국법에 의해 정상적으로 세금도 징수할 것이다.

아무튼 위와 같이 선심 정책도 있는가 하면 강경 정책도 있었다. 마약에 관한 법률이 그것이었다.

즉, 마약류를 취급하거나 흡입 내지 복용하는 사람은 연좌제가 적용되어 가족 모두가 유배형에 처하도록 새로운 법률이 제정되었다.

이의 시행에 앞서 대한제국에서는 청국과 대한제국에 주재하던 영국 대사와 영사를 불러 만약 영국이 아국에 마약류를 판매한다면 전쟁도 불사하겠다는 내용을 통보하기도 했다.

아무튼 이 법에 의해 많은 중국인이 단속되어 혹한의 북방 영토로 강제 이주를 당했다. 그러나 반대의 경우도 있었으니 북경을 아국의 영토로 편입한 대경사를 맞아 기존 유배되었던 조선 유학자들의 일제 사면이 단행되어 아국인의 단결을 한층 더 공고하게 다졌다는 것이다.

그들도 나라가 성리학을 중시하지 않아도 이렇게 발전하고 있으니 이 체제에 순응할 수밖에 없음도 그들을 사면하는 데 단단히 일조했다 할 것이다. 아무튼 이런 속에서 고임금으로 경쟁력을 잃어가던 대한제국 내의 산업이 청국으로 이전되어 그들의 생활 향상에 기여하고 있었다.

이런 속에서 내년에 개최될 만국박람회 준비도 차질 없이 진행되고 있었다. 그런데 문제가 하나 생겼다. 세계 최초의 전기 발명으로 세상을 깜짝 놀라게 하려던 계획을 아직 실현시키지 못하고 있는 것이다.

이에 고민하던 병호에게 불현듯 떠오르는 인물이 있었다. 발명왕으로 불리는 미국의 에디슨이 그였다.

전생에서부터 발명에 관심이 많던 병호는 에디슨의 일생에 대해 대충 그의 행적을 꿰고 있었다. 1847년생이니 금년 15세의 에디슨이라면 공부를 싫어하는 그로서는 어느 노선인지는 모르지만 철도의 급사가 되어 신문과 과자 등을 팔고 있을 것이다.

생각이 일자 병호는 즉시 비서실장 오경석을 불러들여 이상적을 부르도록 했다.

머지않아 이상적이 집무실로 들어오자 병호는 곧 그에게 미국 대사관에 연락해 토머스 에디슨(Thomas Alva Edison)이라는 인물을 여하한 일이 있더라도 대한제국으로 데려오도록 지시했다.

즉, 원하는 바를 다 들어주되 그래도 응하지 않으면 대사관 무관을 주축으로 한 비밀 정보 요원으로 하여금 납치도 불사하도록 지시한 것이다.

그리고 미국을 생각하다 보니 유전(油田)에 대해 생각이 미쳤다.

미국 대사관의 보고로는 2년 전, 즉 1859년 펜실베이니아 주에서는 벌써 세계 최초의 유전이 개발되어 펌프로 석유를 퍼내고 있다는 소식을 들었다. 이렇게 되면 미국에서는 남북전쟁을 거치는 동안 석유가 석탄을 제치고 가장 많이 사용되는 연료가 될 것이다.

이런 생각을 하니 병호의 마음이 다급해졌다. 대한제국도 벌써부터 대경에서 유전 탐사를 해오고 있으나 아직 발견하지 못하고 있기 때문이다.

이에 병호는 상공대신 신응조를 불러 새로 점령한 기존 러시아 영토 내의 바이칼호수 부근에 있는 도시 이르쿠츠크에서도 유전 탐사를 하도록 지시했다.

이 지역이야말로 자원의 보고로 석유와 가스는 물론 석탄과 금도 많이 매장되어 있고 산림자원도 풍부한 곳이다. 따라서 병호는 일찍부터 크라스노야르스크로 향하는 철도 노선에 이 도시가 포함되도록 지시한 바 있다.

또 병호는 바이칼호수 주변의 풍광 좋은 곳에 행궁 하나를 지어 여름 피서지로 활용할 수 있도록 지시했다. 아무튼 이렇게 이틀이 지난 3월 5일이다. 대만에서 고대하던 낭보가 날아들었다.

혹한이 없는 대만의 날씨로 인해 겨울에도 정복이 계속된 바, 15만 수마트라군에 의해 동부 산악 지대를 제외한 대만 전체를 정복했다는 소식이 들어온 것이다.

이에 병호는 5만은 현지에 주둔시키고 나머지 10만은 본국으로 철수하라는 지시를 내렸다. 그리고 신석희(申錫禧)를 대만 총독으로 보임했다.

신석희는 박규수의 친구로 개혁 성향의 인물이었다. 글씨에
도 능해 원역사에서 광화문의 상량문을 쓴 인물이기도 하다.

병호는 부임하는 금년 54세의 신석희를 불러 대만도 자체
군대를 양성함은 물론 경찰력을 확보하기 위해 청에서 시행한
제도를 그대로 시행하도록 지시했다.

그러고 나니 정보부장 이파가 비서진을 통해 면담을 요청
해 왔다. 이에 병호가 허락하니 이파가 급히 들어와 고했다.

"각하, 긴히 보고드릴 일이 있어서 찾아뵈었습니다."

"거기 앉아요."

자리를 권한 병호는 집무실 책상에서 일어나 차를 주문하
고 그의 맞은편 자리에 앉았다. 그리고 말없이 이파를 주시하
자 그가 급히 입을 열었다.

"세 살 버릇 여든까지 간다고 여전히 그 버릇 못 고치고 영
국 놈들이 청국 상인을 통해 은밀히 계속해서 마약을 유통시
키고 있습니다. 금번에도 점조직으로 운영되고 있던 대규모
마약 밀매단을 적발했습니다, 각하!"

"제대로 손을 한번 봐줘야겠군."

"하면 또 전쟁입니까, 각하?"

"그렇지 않으면 놈들이 행실을 못 고칠 것 같은데?"

"문제는 전비 아닙니까? 계속되는 전쟁으로 재정이 악화되

어 국채까지 발행하는 마당에……."

"금년부터는 청국에서도 세금을 거둬들이고 있으니 큰 걱정은 하지 않아도 될 것이오."

"그보다 이화구화(以火求火)의 계를 한번 실행해 보는 것은 어떻습니까, 각하?"

"불은 불로 끄고 물은 물로 막는다? 결국 한 술 더 뜨자는 이야기 아닌가?"

"그렇지요. 놈들과 같이 영국 놈들을 대거 마약쟁이로 만들어놔야 저희들도 그 고통을 알지 않겠습니까, 각하?"

"그렇다면 좀 시일이 걸리겠는데?"

"물론 시일은 걸립니다만 그래야 저들도 확실히 정신을 차릴 겁니다."

"좋아, 하면 어떤 방법으로 그렇게 만들려 하나?"

"영국의 가난한 처녀들을 대거 매집해 그들에게 소정의 교육을 시킨 후 다시 저들 나라로 침투시켜 사창가나 술집을 중심으로 꾸준히 중독자를 늘려 나가는 것이죠."

"많은 시간이 필요하겠군."

"똑같이 당해봐야 저들도 더 이상 나쁜 짓을 안 할 겁니다."

"좋아, 일단 그렇게 진행하고 심각하다 생각되면 무력이라도 사용하면 되겠지. 한데 일본의 조선 유학생들에 대한 공작은 지속되고 있는 것인가?"

"물론입니다, 각하. 지금도 꾸준히 들어오는 유학생은 물론 기존의 유학생 모두가 우리 정보부의 손아귀에서 놀아나고 있습니다. 그들의 약점을 쥐고 있는 것은 물론 그런 그들을 각 번의 유력 인사로 키워내기 위한 공작도 꾸준히 행하고 있습니다, 각하."

"그래야만 어느 시점에는 무력을 사용치 않고도 일본을 병탄할 수 있을 것이오. 물론 정 필요하면 무력도 사용해야지."

"그나저나 러시아 대사는 계속 만나주지 않을 작정이십니까, 각하?"

"힘 안 들이고 저들의 영토를 좀 삼켜보려고 하니 참으로 힘이 드는군."

"여전히 우랄산맥 이동을 할양하라 압박하는 것이죠?"

"물론. 그렇게 해 우리의 뜻대로 우랄산맥 이동을 손에 넣으면 우리는 서시베리아까지 완전히 손에 넣는 것이 되고 저들은 유럽 쪽만 차지하게 되는 것이지."

"기존 우리가 점령한 예니세이강 이동을 우리에게 할양하겠다는 저들의 요구 조건을 수용해 협상을 체결해도 아국이 손해를 보는 것은 아니잖습니까? 일본군을 철수시키고 그 자리에 훈련을 마친 아국의 청국인 군대를 파견한다면 일본에게 지출하게 되어 있는 불필요한 지출을 막을 수도 있고요."

"그야 그렇지만 급할 것 없으니 기왕 협상을 하는 것 좀 더 뜯어내자는 것이 우리의 협상 전략이지."

이때 비서실장 오경석과 순명이 동시에 문을 열고 들어왔다.

"무슨 일인가?"

"러시아 대사가 또 찾아와 뵙길 원합니다, 각하."

"거참, 호랑이도 제 말하면 온다더니……."

잠시 생각에 잠겼던 병호가 말했다.

"들어오라고 해!"

"네, 각하!"

"저는 그럼 이만……."

"차는 들고 가야지."

"네, 각하."

순명이 놓고 나간 커피를 두 사람이 마시고 있는데 러시아 대사 푸탸틴이 들어와 정중히 고개를 숙였다.

"면담을 허락해 주셔서 감사합니다, 각하."

장수를 잡으려면 그 말부터 쏘라고, 이상적 외무대신과 백날 이야기해 봐야 실권자 김병호를 통하지 않고는 아무것도 이루어지지 않는 것을 몸소 체득한 푸탸틴이기 때문에 툭하면 외무부가 아닌 총리실에 들러 병호에게 면담을 요청해 오고 있는 그였다.

그러나 진전된 안이 없으면 면담 불가라는 비서진의 통보에

번번이 돌아서던 그가 오경석의 관문을 통과했다는 것은 그래도 뭔가 새로운 패를 준비한 모양이다.

이에 병호가 부드러운 표정으로 그에게 자리를 권하며 물었다.

"차 한잔하시겠소?"

"주신다면 감사히 마시겠습니다, 각하."

"좋소."

곧 나가는 이파 편에 차를 주문한 병호가 푸탸틴을 지그시 바라보곤 입을 떼었다.

제3장
만국박람회(萬國博覽會)

"그래, 진전된 안이라도 가져오셨소?"

　"폴란드에서 아국 군대를 철수시키는 조건으로 아국 9만 포로를 돌려주시는 것은 어떻습니까, 각하?"

　"러시아군이 폴란드에서 철수하는 것이 아국의 국익에 무슨 도움이 되겠소?"

　"세계 유수의 초강국으로서 그렇게 되면 대한제국의 위상이 국제사회에서 더욱 고양되지 않겠습니까?"

　"물론 그것도 좋은 일이지만 우리는 9만의 우수한 노동력을 잃고 싶지 않소."

"끙!"

자신들이 기껏 마련한 안이 거절되자 푸탸틴은 자신도 모르게 괴로운 신음을 토해냈다.

사실 지금 북방에서 일본군의 활동은 무인 지대를 달려가는 것과 마찬가지의 결과라 전쟁은 이미 끝났다고 해도 과언이 아닌 상태였다.

기존 아군이 점령한 곳 외에는 러시아군이 기천 명 단위로 배치되어 있어 전력이라고 볼 수 없었다.

제법 사람이 사는 곳이라고는 북극까지 기껏 세 곳밖에 없을 정도로 일본군이 북진하는 곳은 러시아도 미개척지였기 때문이다.

이렇게 되니 더 이상 군을 파견할 능력도 없는 러시아 황실은 작년 가을부터 꾸준히 양국의 새로운 국경선을 확정하는 것은 물론 포로를 돌려받기 위한 협상을 제기해 온 것이다.

그러나 우랄산맥 이동까지 대한제국의 영토로 할양하라는 병호의 압박 때문에 회담은 교착상태에 빠져 오늘에 이르고 있는 것이다.

아무튼 병호의 거절에 괴로운 신음을 토하던 푸탸틴이 다른 제안 하나를 더 내놓았다.

"거기에 양국 간에 불가침조약을 체결하고 마리아 알렉산

드로브나 여대공과 대한제국 황실 간에 국혼을 체결하는 것은 어떻사옵니까, 각하?"

"몇 살이오?"

"금년 아홉 살이옵니다, 각하."

"장난하오?"

"일단 약혼을 하고 대공녀께서 좀 더 장성한 후에 정식으로 국혼을 치르면 되지 않겠사옵니까?"

"음!"

잠시 고심하던 병호가 답했다.

"나는 불가침조약이라는 것을 믿지 않소."

잠시 말을 멈춘 병호가 말을 이었다.

"언제든지 강국이 파기할 수 있다는 점 때문이오. 따라서 러시아군의 폴란드에서의 철수, 대공녀와의 약혼으로 현 예니세이강을 기준으로 양국의 국경선을 확정하되 포로는 대공녀와 우리 황실이 정식으로 국혼을 치르는 날 석방하는 것으로 하겠소."

"포로 석방 일이 너무 멉니다."

"더 이상의 안은 없소. 하니 그런 줄 알고 협정을 체결하든지 말든지 그건 알아서 하시오."

"거참……"

난처한 표정으로 한동안 망설이던 푸탸틴이 어쩔 수 없다는 표정으로 답했다.

"알겠습니다. 그렇게 하도록 하겠습니다."

"당신 단독으로 결정할 수 있는 것이오?"

"전권을 부여받았습니다, 각하."

"좋소, 초안이 정리되는 대로 다시 만나 정식으로 조인하는 것으로 합시다."

"네, 각하."

푸탸틴이 뒤늦게 들어온 차 한 잔을 마시고 나가자 병호는 곧 오경석을 불러 내일 오전 9시 내각회의를 명했다. 그리고 황제를 알현하겠다는 뜻을 전해 경호 준비를 하도록 했다.

잠시 후, 오경석이 들어와 경호 준비가 되었다는 말을 듣고 병호는 오경석 외 유홍기, 김병주, 김병국 등 네 명의 비서를 데리고 경복궁으로 향했다.

머지않아 병호가 경복궁 2층에 도착해 황제와의 면담을 요청했다.

그러나 황제는 지금 후원에서 꽃구경을 하고 있다는 대답이 돌아왔다.

이에 병호는 어쩔 수 없이 수행원들을 데리고 궁의 후원으로 향했다. 병호가 일단의 수행원과 함께 후원에 도착하니 황제 원범은 노란 산수유 꽃가지를 잡고 냄새를 맡고 있었다.

그런데 그 앞에는 의원 세 명이 돌아가며 열심히 무언가를 고하고 있었다.

이를 보고 병호가 내심 생각하길 '어디 편찮으신가?' 하는 생각을 하지 않을 수 없었다.

병호가 이런 생각을 하며 가까이 다가가자 황제 원범은 세 의원을 바로 손으로 쫓아 보냈다. 이를 본 병호가 목례를 행하고 물었다.

"어디 편찮으시옵니까, 황상?"

"아, 아니오!"

부정하는 황제의 표정에서 당황스러움이 묻어나는 것을 보고 그의 신색을 유심히 살펴보니 아무리 살펴봐도 눈 밑 피부 색깔이 검었다. 이에 내심 고개를 갸우뚱하는데 황제가 물었다.

"화전을 들고 오라 해도 오지 않더니 어쩐 일이오?"

생각을 멈춘 병호가 대답했다.

"급히 고할 일이 있어 찾아뵈었습니다, 황상. 다름 아니라 러시아와의 국경선 확정과 포로 송환 협정을 체결하는 과정에서 저들의 국혼 제의가 있기에 황상의 윤허를 득하러 왔습니다, 황상."

"국혼 제의라? 저들의 공주를 내게 시집보내기라도 한단 말이오?"

"그렇사옵니다, 황상. 그런데 좀 민망한 일이나 대공녀의 나이가 금년 겨우 9세라 일단 약혼만 하고……."

"국익에 도움이 되는 일이오?"

"그렇사옵니다, 황상."

"그렇다면 응해야지 별수 있소?"

"정 싫으시면 물리쳐도 무방합니다, 황상."

"아니오. 이녀(異女)를 취하는 것도 색다른 묘미가 있을 것인데 굳이 거절할 이유가 없겠지요. 하하하!"

어딘가 방탕함이 묻어나는 황제의 언사와 웃음에 병호는 그가 보지 않게 상을 찡그렸다. 하지만 그에 대해 더 이상 말을 하지는 않았다.

"다른 사항은 없소?"

"바이칼호수 부근에도 행궁 하나를 조성하라 했으니 명년 여름에는 그쪽으로 피서를 갈 수 있을 것이옵니다, 황상."

"그보다도 올 겨울에는 발리인가 발바리인가로 피한 한번 떠나봅시다. 작년에도 못 가고 했으니."

"네, 황상."

"궁에만 계속 있으니 갇혀 있는 기분에 답답하니 올 겨울에는 꼭 그렇게 합시다."

"알겠사옵니다, 황상."

곧 예를 표한 병호는 자신의 집무실로 향했다. 돌아가며 따르는 유홍기에게 병호가 지시를 내렸다.

"좀 전 황제와 이야기를 나눈 세 명의 어의를 내 집무실로 데려오시오."

"네, 각하."

그가 떠나자 병호는 빠른 걸음으로 자신의 집무실로 향했다.

잠시 후.

병호의 집무실로 세 사람이 찾아들었다. 모두 어의로 봉해진 사람들이었다.

어의 중에는 분명 양학을 전공한 사람도 있으나 웬일인지 황제 원범은 양의를 불신했다.

왜인지는 모르겠으나 조선 전래의 한방을 전공한 어의들만 총애해 오고 있었다.

그래서 이들 한방 어의 3인만 부른 모양이다. 어찌 되었든 병호가 말없이 들어온 세 사람에게 시선을 주니 돌아가며 자신을 소개했다.

"어의 김홍남(金鴻男)이라 하옵니다, 각하!"

"어의 팽계술(彭繼述)이옵니다, 각하!"

"어의 정재원(鄭在元)이옵니다, 각하!"

"좋소, 내 세 사람을 부른 것은 다름이 아니라 왜 황상께서 당신들을 부른 것인지 묻고 싶소."

병호의 질문에 세 사람이 서로의 얼굴을 바라보았다.

그러길 잠시, 셋 중 김홍남이 어쩔 수 없다는 표정으로 답했다.

"황상께서 불러 말씀하시길 요즘 소변을 자주 보시고 두훈(頭暈), 이명 증상이 나타난다 하셔서……."

이때 팽계술이 나서서 추가 답변을 했다.

"허리와 무릎이 시리고 은근히 통증을 느끼신다는 말씀도 있었습니다."

질세라 정재원이 보충 설명을 했다.

"평소에도 황상께서는 잠자리에서 기침하시고 나면 땀을 많이 흘리셨고 팔다리도 매우 찬 편이셨습니다."

"흐흠! 황상의 보령 겨우 서른하나이신데 벌써 그런 증상이 나타난단 말이오?"

"그렇사옵니다, 각하."

"그 원인이 뭐요?"

"신장 기능과 성 기능이 많이 허해지신 탓이 아닌가 하옵니다, 각하."

"흐흠!"

"해서 금번에 우리 셋은 논의하여 강장 보위제로 좌귀음(左歸飮)을 처방하기로 했사옵니다, 각하."

정재원이 제시하는 처방전은 귀에 들어오지도 않았다. 병호의 머릿속에는 '벌써 그렇게 되었는가?'라는 생각만 맴돌고 있었기 때문이다.

원역사대로라면 철종이라 불리는 당금 황상의 수가 채 2년이 남지 않았기 때문이다.

그래도 다행인 것은 원역사와 달리 황손이 있다는 것이다.

병호가 양순을 궁에 들인 결과 그녀와의 사이에서 태어난 황자가 금년 5세였다. 원범에게서 최초로 태어난 황자였다.

그 후에도 원범은 황후 김 씨와의 사이에 이듬해 또 하나의 황자를 보았다. 그러나 그 황자는 돌을 채 넘기지 못하고 죽었다.

그리고 작년에 공주 둘이 태어났다.

황후와 양순 사이에 각각 하나씩 두 명의 공주가 태어나 아직 생존해 있었다.

원역사에서는 원범과 왕후 사이에 태어난 자손들은 무슨 이유 때문인지 여식마저도 모두 죽었다.

그래서 병호는 혹시 안동 김문의 농간이 아닌가 하는 생각을 해보기도 했다. 하지만 자신이 아는 한 금번에는 그런 일이 절대 없었다. 그런데도 정통 황자가 죽었으니 알 수 없는 일이었다.

깊은 생각에서 깨어난 병호가 세 사람을 향해 엄숙한 얼굴로 말했다.

"내가 볼 때 황상의 그런 증상은 과음과 지나친 방사가 불러온 탓이 아닌가 하오. 따라서 세 사람은 수시로 황상에게 보다 절제할 수 있도록 간해주시오."

"명심하겠사옵니다, 각하."

곧 세 사람을 물린 병호는 한동안 깊은 생각에 잠겼다.

* * *

다음 날 오전 9시.

예정대로 병호는 시간이 되자 일단의 수행원을 거느리고 내각 대회의실로 향했다. 그가 회의실에 들어서니 누가 명하지 않아도 각부 대신들이 기립해 병호를 맞았다.

곧 병호가 중앙 단상에 자리를 잡자 각 대신들이 일제히 착석했다.

그런 그들을 일별한 병호는 한동안 침묵을 유지했다. 이에 긴장된 분위기가 더욱 고조되며 모든 시선이 병호에게 집중되었다.

"오늘 내각회의를 소집한 것은 다름이 아니라 그간 길게 끌어오던 러시아와의 국경선이 확정되었고, 또한 포로 송환 협정도 조인될 것이기 때문에 이를 내각에 보고하기 위함도 있고, 여타 현안도 논의하고자 함이오. 우선 러시아와의 회담 결과를 보고드리겠소이다."

이렇게 운을 뗀 병호는 곧 러시아 회담 결과를 상세히 보고
했다. 그리고 덧붙였다.

"따라서 위의 결과를 가지고 오늘이나 늦어도 내일이면 협
정문에 조인을 할 것이오. 이에 대해 이견이 있거나 질문 있
는 분은 하시오."

"애초 우랄산맥 이동의 할양을 요구하신다고 들었는데 너
무 많은 양보를 한 것이 아닌지요?"

부총리 이하응의 질문에 병호가 곧장 답했다.

"양보랄 것도 없지요. 우리가 점령하고 있는 것이 예니세이
강 우안인데 누가 점령당하지도 않은 땅을 즐겨 양보하려 하
겠소. 따라서 러시아 측으로 보면 우리의 요구가 터무니없던
바, 그런 생떼를 통해서 우리는 폴란드에서 러시아군의 철수
를 유도했고 또 포로도 국혼 이후로 미루었으니 잘된 협상이
라고 자평하고 있소."

"각하가 아니면 절대 그런 조건으로 협상을 이끌어낼 수도
없었을 것입니다. 그렇지 않습니까, 여러분?"

"옳소이다!"

우정대신 조병준의 발언에 일부가 맞장구를 치자 뜻있는
대신들이 눈살을 찌푸렸다. 그러거나 말거나 병호가 다시
발언을 했다.

"만국박람회가 1년 2개월 앞으로 박두했소. 따라서 지금부터는 이에 대해 각별히 관심을 두어야 하는바, 주무대신 외에 여타 각료도 각별히 신경을 써주시기 바랍니다. 건교대신!"

"네, 각하!"

병호의 부름에 구장복이 자리에서 벌떡 일어나 답했다. 이를 보고 손을 저으며 병호가 말했다.

"그렇게 예절을 차리지 않아도 되오. 앞으로는 편히 앉아서 답변하도록."

병호의 말에 구장복이 자리에 앉으며 답변했다.

"네, 각하!"

"만국박람회장으로 쓰일 수정궁 공사는 어찌 되고 있소?"

"80% 공정률을 보이고 있사옵니다, 각하!"

"무이탑(無二塔)은?"

"그 역시 같은 공사 진척률을 보이고 있사옵니다."

"종합운동장도 그러하오?"

"그렇사옵니다, 각하!"

"하면 명년 5월 달까지는 모두 충분히 준공하고도 남겠군."

"그렇습니다, 각하!"

"좋소, 그래도 각별히 신경 써서 몰려올 세계인들에게 망신당하는 일이 없도록 하고. 참, 백화점이나 동, 식물원 등 여타 수족관 건립도 예정대로 진행되고 있지요?"

"수족관만이 아직은 60% 진척률로 애를 먹고 있습니다!"

"흐흠! 정 안 되면 다른 것으로 대체하도록!"

"알겠습니다, 각하!"

"자, 그건 그렇고, 애로 사항이나 건의 사항이 있으면 이 자리에서 말씀하시오."

병호의 말에 서로의 눈치를 보는데 한 사람이 자리에서 손을 번쩍 들었다. 모두의 시선이 그에게 집중되었다.

발언을 신청한 이는 바로 국방부 부대신 이용희였다.

적년부터 병호는 자신이 관할하고 있는 국방부는 내각회의가 있을 때마다 부대신이 참석하도록 지시를 내려놓은 바가 있다.

"하면 일본군도 철수를 시켜야 하지 않겠사옵니까?"

"그럴 예정이오. 하니 청국인으로 구성된 부대 10만을 새로 점령한 영토에 파견할 수 있도록 지금부터 준비하되 가급적 추위에 강한 북쪽 출신 병사로 선발해 주었으면 좋겠소."

"명 받자옵니다, 각하!"

병호가 여기서 말한 청국인 군대라 해서 전원이 기존 청국인으로만 구성된 군대는 아니었다.

새로 제정된 법률에 의해 하사 이상의 간부는 모두 조선인이 차지하고 있어 그들의 준동을 크게 우려하지는 않고 있었다.

"말이 나왔으니 말이지만, 과기대신!"

"네, 각하!"

병호의 부름에 이상혁이 큰 소리로 답변했다.

"듣기로 무선통신도 얼마 전에 교신에 성공한 것으로 알고 있는데 금번에 일본군의 철수 명령을 무선통신으로 내리면 어떻겠소?"

"무이탑이 현재 310m 이상 올라간 것으로 알고 있습니다. 그래서 발신에는 문제가 없으나 수신지인 그곳에도 최소 45m 이상 올라간 탑 내지는 안테나가 있어야 할 것인데 준비가 안 되었으니 당장은 곤란합니다."

"흐흠!"

침음하며 생각에 잠겼던 병호가 말했다.

"주변 높은 산에 수신 장치를 설치하면 꼭 그 정도 높이가 아니래도 가능하지 않겠소?"

"그건 그렇습니다, 각하!"

"좋소, 송신 안테나를 새로운 영토 내 주요 거점마다 설치하도록 건교대신께서는 각별히 신경 써서 추진하도록 하시오."

"알겠사옵니다, 각하!"

여기서 무이탑(無二塔)이라는 것은 프랑스의 에펠탑을 본떠 만들고 있는 만국박람회를 상징하는 하나의 철 구조물이었다.

좀 더 정확히 표현하면 에펠탑이라는 것이 프랑스 대혁명 100주년을 기념해 1889년 개최된 파리 만국박람회에서 등장하는 것이기 때문에 대한제국이 세계 최초로 철로 된 가장 높은 탑을 지금 건설하고 있는 것이다.

그 높이가 자그마치 350m로 에펠탑의 300m 보다도 50m가 더 높게 설계되어 있었다.

물론 여기에 송신 안테나를 단다면 그 높이는 더 높아질 것이다. 아무튼 이 탑의 명칭에 에펠탑과 같이 사람의 이름이 들어가지 않은 것은 철교 및 토목건축에 종사하는 여러 기술자들이 공동으로 설계하고 이를 감독하고 있었기 때문이다.

그래서 병호는 이 탑의 명칭을 '유일무이(唯一無二)'라고 지었다.

오직 하나뿐으로 둘이 있을 수 없다는 뜻으로 무이탑이라 지은 것이다. 에펠탑이 그렇듯 무이탑도 첨단 기술이 적용된 것은 아니었다. 기존 기차를 위해 부설된 철교에 적용시킨 아치 기술을 수직으로 올린 것뿐이다.

그리고 대신들의 발언에 미터라 거침없이 표현되고 있는 것은 이제 대한제국도 보다 합리적인 도량 단위인 미터법이 채용되었고 양력도 채용되어 기존의 도량 단위나 음력과 혼용되고 있기 때문이었다.

이 도량형이나 양력 사용을 내각에서 권장은 하되 강제하지는 않고 있었다.

병호의 경험을 통해 보면 사람의 인습이라는 것이 참 무서운 것이기도 했고 한 세대 정도의 시간이 흘러야만 비로소 정착되는 것을 알고 있기 때문에 강제하지 않고 있는 것이다.

상징 기념물 이야기가 나와서 얘기지만 전에 청나라 사신 등을 접대하던 모화관 자리에는 독립문을 세운 바 있다.

현 한국의 독립문 자리에 프랑스의 개선문을 본떠 만든 것이다.

개선문보다 더 크고 웅장하게 만든바 지나가는 행인들의 시선을 사로잡고 있는 것이다.

"더 발언할 사람 없소?"

"……."

병호의 말에도 장내는 침묵만 맴돌 뿐 괴괴하기만 했다. 이에 병호는 회의를 파하고 자신의 집무실로 향했다.

병호가 자신의 집무실 내 비서실에 도착하니 선객이 있었다. 러시아 대사 푸타틴이었다. 그를 본 병호가 동행한 비서실장 오경석에게 물었다.

"초안은 다 작성되었지?"

"네, 각하."

알았다는 듯 고개를 끄덕인 병호가 푸탸틴을 향해 말했다.

"들어오시오."

"네, 각하."

곧 푸탸틴이 병호를 따라 병호의 집무실 내로 들어갔다.

소파에 자리를 권한 병호 또한 그의 맞은편에 앉자마자 말했다.

"황실 간의 약혼을 2년 후로 미루어야겠소."

"왜 늦추십니까?"

병호는 잠시 생각하다가 솔직히 답변하기로 했다.

"아국 황제의 건강이 좋지 않소."

"네? 흐흠!"

침음하는 푸탸틴을 보고 병호 또한 이런 결정을 내리게 된 배경에 대해 다시 한번 생각하게 되었다. 즉, 원역사대로라면 원범은 채 2년을 넘기지 못할 것이다.

그런 상황에서 덜컥 약혼을 해놓고 원범이 세상을 뜨기라도 한다면 이는 피차 간에 곤란한 일이 발생한다.

그럴 바에야 차라리 2년을 더 늦추어 현 5세의 황자와 9세의 대공녀 간에 약혼을 하는 것이 낫겠다는 생각을 한 것이다.

생각에서 깨어나자마자 병호는 밖을 향해 큰 소리로 말했다.

"초안 가져와!"

"네, 각하!"

곧 대답이 들리고 노크와 동시에 오경석이 작성된 초안 2부를 가지고 들어왔다.

이를 보고 푸탸틴도 러시아어로 된 초안을 꺼내놓았다. 이를 본 병호가 말했다.

"우리가 2부를 준비했으니 귀 측 것은 필요 없소."

"무슨 말도 안 되는 소릴……."

"당신도 영국과 청나라 간의 북경조약 체결시 영어로 협정문을 작성하자고 해서 한동안 다툼이 벌어진 것을 들어 알고 있을 것이오. 해서 나는 한글로 이를 작성해 다툼의 소지를 없애려는 것이니 협조해 주시오."

"하면 러시아어로 부기(附記)는 하게끔 해주십시오."

"좋소, 그 정도는 양해하리다."

곧 병호의 지시로 러시아 역관이 호출되어 러시아 것은 한글 밑에 별도로 러시아어로 작성된 협정문이 완성되어 상호 1부씩 갖게 되었다.

*   *   *

그로부터 3일이 지난 오전 8시.

병호가 집무실로 출근을 하니 그를 기다리고 있는 사람이 있었다. 과기대신 이상혁이 그였다.

그런데 그의 모습이 왠지 들떠 보였다. 얼굴은 술에 취한 사람처럼 붉게 상기되어 있고 입꼬리는 실룩실룩 간절히 말을 하고 싶은 표정이었다. 그런 이상혁을 보고 병호가 웃으며 물었다.

"무슨 좋은 일이 있소?"

"네, 각하! 경사가 겹쳤습니다!"

"자세히 말해보시오."

"드디어 대용량 발전기 제작에 성공했고, 4행정 내연기관의 구동에도 완전 성공했습니다, 각하!"

"하하, 그래요? 그거 아주 잘됐군요. 그 기술자가 누굽니까?"

"제딕과 지멘스, 그리고 오토와 다임러라는 귀화인입니다, 각하!"

"모두 서양 출신이군요."

"그렇습니다. 아직은 서양인의 합리성을 따라가지 못하는 것 같습니다."

"과학기술 발전법대로 모두 이행해 주시오."

"네, 각하!"

대한제국에는 세계 그 어느 나라에도 없는 독특한 법률이 제정되어 있었다.

특허제도가 이미 도입되어 모든 발명자의 특허가 보호되는 것은 물론이고 발명자에게는 그 기여도에 따라 포상금이 작게는 1냥에서 시작해 천문학적 거금도 지급하게 되어 있었다.

때에 따라서는 주택과 미녀도 지급되는 등 발명자의 천국이 작금 대한제국이었다.

여기에 정보부는 기십 년 전부터 그 명성이 뛰어나거나 뛰어나지 않거나 상관없이 발명가들을 포섭하는 데 진력해 왔다.

정보부는 그들을 포섭하기 위해 수단과 방법을 가리지 않았다는 것이 더 정확한 표현일 것이다.

돈과 미녀로 유혹하는 것은 기본이고, 때로 공작도 자행되어 뜻에 따르지 않는 자는 파산을 시켜 회유하거나 심한 경우는 납치도 은밀히 자행되었다. 그렇게 모은 동서양의 과학자 및 발명가가 지금은 천 명 단위를 넘어 수천 명에 달하고 있었다.

이들은 한강 이남에 조성된 기 연구소나 고군산군도의 연구소에서 연구에 전념하고 있었다.

때때로 유명한 과학자나 발명가는 신설된 한양과학대학에서 교수로 재직하거나 한국 종합 기술 과학 연구소에서 강의도 하며 지내고 있었다.

그런 사람들 중 금번에 네 사람의 연구가 성과를 거둔 모양이다. 제딕을 제외한 에른스트 베르너 폰 지멘스(Ernst Werner von Siemens), 니콜라우스 오토(Nikolaus August Otto), 고트리프 다임러(Gottlieb Wilhelm Daimler) 등은 모두 역사에 한 획을 그은 유명인들로 그들이 금번에 그 이름값을 톡톡히 한 모양이다.

헝가리 출신 제딕만 해도 1854년에 이미 다이나모 발전기 이론을 완성한 사람이었다.

그는 두개의 영구자석이 회전자 주위에 자기장을 유도하는 방식을 채용했다.

아무튼 이들이 발명했다는 발전소는 역사적으로 1866년에 지멘스가 전자석을 사용한 대용량 발전기로 완성시켰다. 그로 보면 대한제국의 적극적인 지원에 힘입어 금번에 5년을 앞당긴 모양이다.

그리고 금번에 발명했다는 4행정 내연기관(4사이클 오토 기관)은 금년 프랑스 기술자 J.J.E.르누아르가 발명한 가솔린기관을 더욱 소규모로 축소시키고 성능을 개량한 공장용 가솔린기관으로써 이는 이 당시 산업의 원동력이던 증기기관을 대체할 현대 가솔린기관의 원형이 된다는 점에서 원동기 역사의 신기원을 이룩했다 할 것이다.

아무튼 금번의 쾌거에 병호는 만사를 제쳐놓고 그들을 집무실로 초대해 다과를 베푸는 것은 물론 명월관으로도 데리고 가서 이들 생에 최고의 접대를 해주었다.

이 모든 것이 이제는 발명된 윤전기에 의해 찍어내는 신문에 대문짝만 하게 실릴 것이니 이를 전해 들은 대한제국 어린이들은 과학자에 대한 꿈을 더욱 부풀릴 것이다.

*   *   *

6월 5일.

올해는 장마가 조금 빨리 시작되었다. 오늘도 잠시 소강상태를 보이던 장마가 오후가 되자 또 거침없이 동이로 퍼붓듯 장대비를 쏟아내고 있었다. 이런 속에서 갑자기 국방부 부대신 이용희가 찾아들었다.

"충성!"

"무슨 일이오?"

"각하의 지시를 모두 완료했습니다."

"좀 더 구체적으로."

"새로 점령한 북방 영토의 일본군을 청군으로 완전 대체함은 물론 약속대로 일본에 드라이제 소총 6만 정과 기범선 4척, 3만 석의 쌀을 지급 완료했습니다."

"수고하셨소. 헌데 아군 육군을 대체할 청국군은 어찌 되었소?"

"그 역시 청국인이 주가 된 군으로 완전 대체되어 경찰 업무를 수행하고 있습니다. 각 현의 말단까지 오가작통법 또한 정상적으로 작동되어 촌으로 스며든 반란 무리를 토벌하는 데 큰 기여를 하고 있는 것으로 파악되었습니다."

"좋소. 육군은 어떻게 배치되었소?"

"장성 안에 5만, 장성 밖에 5만, 또 기존의 러시아 영토이던 곳에 5만이 배치되어 일단 유사시 신속히 대응할 수 있도록 해놓았습니다, 각하."

"잘하셨소."

만족한 듯 크게 치하한 병호는 곧 그를 데리고 자신의 집으로 향했다. 휴일도 없이 매일 야근을 밥 먹듯하던 병호로서는 오늘 모처럼 일찍 퇴근하여 그와 함께 한잔하려는 것이다.

그런데 문제는 사무실을 나서자 비가 얼마나 심하게 쏟아지는지 순식간에 상의가 다 젖고 하의도 튀어 오르는 빗물로 바짓단을 둥둥 걷어야 했다. 그렇게 두 사람이 병호의 집에 도착하니 집 안에서는 벌써 고소한 기름 냄새가 진동하고 있었다.

아무래도 아랫것들도 비가 오고 하니 날구지라도 하고 있는 모양이다.

"오늘은 일찍 퇴근하셨네요, 나리?"

"음, 그래. 날구지라도 하는 모양이지?"

"네, 나리. 비가 오니 구진하다고 해서……."

머리를 긁적이는 장쇠를 보며 병호가 미소 띤 얼굴로 답했다.

"내 방에도 부침개와 함께 술도 좀 가져오너라."

"네, 나리."

답하고 물러가는 장쇠는 요즈음 외부 수행은 전혀 하지 않고 있었다.

하인들의 우두머리로서 집 안에 머물며 집안 전체를 관리하고 있는 것이다.

"듭시다."

"네, 각하."

이용회를 데리고 자신의 방으로 들어간 병호는 곧 젖은 두루마기를 벗어 횃대에 걸고 아랫목에 가 앉았다. 다른 옷도 많이 젖었으나 그냥 앉아 있다 보니 술과 부침개가 들어올 무렵에는 옷에서 김이 무럭무럭 솟아올랐다.

찝찝했지만 혼자 갈아입기도 그래서 참고 있던 병호는 술이

들어오자 자세를 고쳐 앉았다.

그리고 자신의 잔에 스스로 술을 치는가 싶더니 이용희의 잔에도 술을 치고 권했다.

"듭시다."

"네, 각하."

곧 병호가 막걸리 한 사발을 비워내자 이용희 역시 시원스럽게 한 사발의 술을 비워냈다. 그리고 입을 쓱 닦으며 운을 떼었다.

"요즘……"

"안주나 들어요. 그리고 술 마시는 이 순간만이라도 정치 이야기나 군대 이야기는 하지 맙시다."

"네, 각하."

밖에서 고하는 소리가 들려온 것은 이때였다.

"나리, 정보부장과 비서실장께서 오셨는데요?"

"무슨 일이야? 들라 해라!"

"네, 나리!"

충직한 장쇠는 빗속에서도 밖을 지키고 있었던 모양이다. 그의 대답이 들리고 나서 얼마 안 있자 이파와 오경석이 함께 들어오는데 웬 서양인 한 명도 함께였다.

당연히 병호의 시선이 서양인에게 향했고, 그의 모습을 자세히 보는 순간 한눈에 그가 사진 속에서만 본 에디슨임을 알 수 있었다.

이에 자리에서 벌떡 일어난 병호가 소년 에디슨의 손을 덥석 잡으며 말했다.

"잘 왔다."

오경석이 즉시 통역을 했고, 어리둥절한 모습의 에디슨 역시 고개를 숙이는 것으로 둘의 첫 대면이 이루어졌다.

"어떤 과정으로 네가 이곳까지 오게 되었는지는 모르겠지만, 우리 대한제국도 특허법과 과학발전법이라는 것이 있어 네가 발명한 것은 모두 법적으로 보호를 받을 뿐만 아니라 많은 포상금 제도도 있다. 그러니 기왕 여기까지 온 것 딴생각 말고 이 나라에서 마음껏 발명의 재능을 꽃피워 이 나라 과학기술 발전에 기여해 줬으면 좋겠다."

"정말 모든 발명품이 법적으로 보호를 받습니까?"

"물론!"

이 대목에서 살짝 얼굴을 붉히며 머리까지 긁적이던 에디슨이 다시 질문을 던졌다.

"예쁜 처녀도 나라에서 맺어준다고 하던데……"

"사실이다."

"알겠습니다."

"네가 우리나라에 대해 얼마나 알고 있는지 모르겠지만 신과학 문명을 주도하고 있는 곳이 우리 대한제국임을 알아야 할 것이다. 우수한 무기 체계 외에도 무선통신, 4사이클 오토 기관, 대형 발전기 등 이루 헤아릴 수 없이 많은 문명의 이기들이 근간에도 대한제국에서 발명되었음이야. 따라서 우수한 과학자들이나 발명가들의 조언도 들으며 네가 발명하고 싶은 것을 해봐."

"네."

"우선 네게 첫 과제를 주겠다. 백열전구의 발명이 그것이야."

"네?"

어리둥절해하는 에디슨의 이해를 돕기 위해 병호는 곧 입으로는 전기에 대해 설명을 하며 옆에 놓여 있던 문방사우를 가져다 직접 백열전구의 모습을 그리기 시작했다. 이내 백열전구의 모습이 그려지고, 병호는 직접 그림에 대한 설명을 하기 시작했다.

"전구를 만드는 과정에서 가장 중요한 것은 이 전구 내가 진공상태일 것. 또 하나 중요한 것은 이 필라멘트의 재료인데, 그 재료로는 텅스텐을 사용해야 할 것이야. 알겠어?"

"네."

답은 하나 완전히 이해한 표정은 아니었다. 그러나 병호는 개의치 않았다. 자신이 말한 내용이라면 어느 발명가라도 백열전구를 만들어낼 수 있을 것이라 판단했기 때문이다. 따라서 그도 전구의 발명에 착수해 연구를 하다 보면 금방 알 것이라 생각했다.

둘러앉아 있던 모든 사람들이 해연하여 자신만 바라보거나 말거나 개의치 않고 병호가 에디슨에게 물었다.

"술은 할 줄 아니?"

"그것이……."

머리를 긁적이는 에디슨에게 병호는 급히 자신의 잔을 비우고 막걸리 한 사발을 따라주었다. 그리고 밖을 향해 소리쳤다.

"술과 안주 좀 더 내오너라!"

"네, 나리!"

곧 장쇠의 멀어지는 발걸음 소리가 들려왔다. 그의 발걸음 소리가 들리는 것을 보아하니 어느덧 밖의 비도 그친 모양이다.

*   *   *

세월은 빠르게 흘러 어느덧 1862년 5월이 되었다. 원역사대로라면 조선은 지금 충청도 곳곳에서 일어나는 민란에 시달리고 있어야 한다. 그러나 대한제국으로 국호가 바뀐 조선은 세계 초일류 강국으로서 그 어느 때보다 성세를 구가하고 있었다.

그 단적인 예가 만국박람회 개최였다. 유수의 선진국만이 돌아가며 개최하는 만국박람회는 신상품과 과학 문명은 물론 개최국의 정치, 경제, 사회, 문화 전반을 전 세계에 알릴 수 있는 기회의 장이기도 했다.

이 세계인의 잔치가 한강 이남에 조성된 박람회장에서 이제 막을 올리려고 하는 중이다.

5월 5일 오전 10시.

조금은 덥다 느껴지는 날씨 속에 세계 곳곳에서 몰려든 30만 관람객이 드넓은 광장을 빼곡하게 메우고 있었다.

이때 하늘을 찌를 듯 높이 솟구친 375m(송신 안테나 포함)의 거대한 무이탑을 배경으로 일단의 행렬이 등장했다. 그런데 그 모습이 경이로움 그 자체였다. 세상 처음 보는 물건인 스스로 움직이는 4륜구동 무개 자동차의 장대한 행렬이 행사장으로 접근해 오고 있는 것이다.

제복에 흰 장갑을 낀 운전사가 운전을 하는 선두 차에는 만면에 미소를 띤 황제 원범과 황후 김 씨가 선 채 손을 흔들며 들어오고 있었다.

뒤이어 총리 김병호 내외의 차가 뒤를 따르고 그 뒤로는 태황태후 조 씨와 황태후 홍 씨가 장옷으로 얼굴을 반쯤 가린 채 입장하고 있었다.

그 뒤로도 부총리 이하응을 비롯해 초대된 각국 대사 부처 및 내각의 관료와 황실의 유력 인사들이 줄지어 입장하니 그 야말로 일대 장관이 아닐 수 없었다.

그런 속에 광장에 도착한 행렬은 곧장 거대한 전시관으로 직진하기 시작했다.

폭 16m의 대로가 구름 관중을 양분한 속에서 무리 지은 무개 자동차 행렬이 거대 전시관으로 향하니 자연스럽게 제 관중들의 시선이 전시관으로 향했다.

전시관은 길이 1㎞, 폭 150m, 높이 6m로 면적은 15만 제곱 미터에 이르고 있었다.

이를 1851년에 개최된 그 유명한 런던 만국박람회와 비교 해 보면 전시관의 크기가 얼마나 큰지 금방 알 수 있다. 길이 564m, 폭 124m, 높이 32.4m, 면적 만 제곱미터(=21,212평)인 런던 박람회장에 비하면 면적이 배가 넓었다.

단지 높이가 낮은데 이는 건축양식 때문이었다. 런던 박람 회장이 철 구조물과 유리로 뒤덮여 있다면 한양 박람회장은, 八 자 현태의 외관으로 우려한 곡선 처마에 청기와를 입혔고 측면은 한지 격자무늬 창으로 조선 양식을 그대로 구현하고 있었다.

건축의 신공법을 자랑하기보다는 조선의 아름다운 건축양 식을 대내외에 자랑하고 싶은 건축물인 것이다. 아무튼 황제

부처를 비롯한 대내외 귀빈들이 전시관으로 입장을 마치자 표를 끊은 세계 도처의 관람객을 비롯한 일반 백성들의 입장이 시작되었다.

그렇게 두 시간여의 입장 시간이 지나자 돌연 괴변이 발생했다. 갑자기 장내에 우렁찬 팡파르가 울려 퍼지는가 싶더니 실내가 조금씩 어두워지기 시작했다. 즉, 내부 안내인들에 의해 이중창으로 되어 있는 검은 한지의 내측 창문이 빠르게 닫히고 있는 것이다. 이렇게 점점 어두워지던 실내가 돌연 캄캄해졌다.

이에 관람객들이 깜짝 놀라는데 주변이 갑자기 일시에 대낮같이 환하게 밝아졌다.

"아……!"

여기저기에서 탄성이 튀어나오는 가운데 모든 사람들의 시선이 일제히 천장으로 향했다. 그곳에는 생전 처음 보는 수천 개의 알전구가 마치 태양처럼 주변을 환하게 비쳐주고 있었다.

"오! 저것이 무엇이오?"

입장한 지 벌써 두 시간이 지난 터라 전시관의 끝부분에 위치해 있던 황제 원범의 놀람에 찬 질문에 안내를 하고 있던 병호가 답했다.

"백열전구라고 전기에 의해 대낮처럼 밝혀지고 있는 것입니다."

"전기?"

"네, 황상."

일단 답한 병호가 자세한 설명을 하기 시작했다.

"대용량 발전기에 의해 생산되는 전기라는 놈에 의해 세상
은 이제 큰 변화의 물결에 휩싸일 것입니다. 그것에 의해 밤에
저렇게 불을 밝힐 수도 있고, 산업용 기계를 돌려 보다 능률
적으로 많은 제품을 생산할 수도 있을 것입니다, 황상."

"참으로 놀라운 변화로군!"

"정말 오래 살고 볼 일이오. 움직이는 자동차가 있지 않나,
생전 처음 보는 물건들, 실로 변화무쌍한 세상이오."

조 태황태후의 말에 동감이라는 듯 원범이 물었다.

"그렇지요, 마마?"

"암, 그렇고말고요, 황상. 이렇게 개명된 천지를 못 보고 일
찍 죽는다는 것은 너무 억울한 일일 것이오."

"맞습니다. 마마님이나 짐이나 오래 살고 볼 일이지요."

황제의 말이 끝나자마자 병호가 받았다.

"그런 의미에서 제가 또 하나 신비로운 제품을 소개해 올리
죠."

말과 함께 제품이 전시된 곳으로 다가가더니 곧 무언가를
움직였다. 그러자 깜짝 놀랄 일이 벌어졌다.

"참으로 놀라운 변화로군!"

"정말 오래 살고 볼 일이오. 움직이는 자동차가 있지 않나, 생전 처음 보는 물건들, 실로 변화무쌍한 세상이오."

"어머! 귀신이에요, 뭐예요?"

"저건 금방 마마와 짐이 나눈 이야기 아니오?"

조 태황태후가 화들짝 놀라 몇 걸음 물러나는데, 황제 또한 놀란 얼굴로 자신의 말을 토해내는 기계를 경이로운 시선으로 바라보았다.

"맞습니다, 황상. '축음기(蓄音機)'라고 사람의 말이나 자연의 소리를 그대로 녹음했다 재생할 수 있는 장치입니다."

"허허, 오늘 얼마나 많이 놀라는지 밤에 경기를 일으키지 않을까 걱정이외다."

"하하하!"

"호호호!"

황제의 농담 비슷한 말에 둘러싼 황실과 대신들이 웃음을 터뜨리는 가운데 병호는 에디슨에게 새삼 감사한 마음이 들었다.

축음기라는 것이 원래 에디슨이 1877년에 발명하는 것이나, 그가 전구를 발명하자마자 병호는 특별히 그를 불러 측음기를 발명할 것을 명하며 기본 개념을 설명해 주었다.

그 외에도 병호는 1857년 프랑스의 L.스코트가 메가폰 밑

바닥에 얇은 막(膜)을 붙이고 여기에 단단한 털을 단 다음 유연(油煙)을 칠한 종이를 원통에 감아 단단한 털끝이 여기에 닿는 장치를 만든 것도 입수해 보여주었다.

이것은 메가폰을 향하여 말을 하면 얇은 막이 진동하여 단단한 털이 유연을 문질러서 음성을 기록할 수 있으며, 유연을 감은 원통은 나사로 회전하여 파형(波形)을 연속적으로 기록하는 장치였다.

그러자 에디슨은 이를 기초로 밤낮을 잊은 채 수백 번의 실패 끝에 지난 4월 달에 측음기를 발명했다. 그리고 사전에 짜인 각본에 따라 두 시간이 흘러 이 장소에 도착했을 때 불이 일제히 꺼지며 두 사람의 대화를 녹음할 수 있었던 것이다.

아무튼 런던 박람회의 출품자 수가 영국 본국과 식민지에서 7,381명, 다른 외국에서 6,556명으로 합계 13,937명, 출품 건수 10만을 넘었다면 금번 대한제국의 출품 건수는 15만 건을 넘어 압도적인 물량을 자랑했다.

그만큼 대한제국에서 쏟아진 신발명품은 물론 그를 응용한 제품들이 많이 쏟아져 나와 관람객의 눈을 사로잡았고, 이 제품을 두고 제작자와 수입상들의 상담도 활발히 진행되고 있었다.

이렇게 만국박람회는 19세기 세계 유수 국가의 경쟁 구도가 드러나는 장이기도 했다. 새로운 공산품을 전시하는 장이기도 했기 때문에 국가 간에 벌어지는 산업화 경쟁의 장이었다.

전시로만 끝나는 것이 아니고 구매 계약으로까지 이어졌기 때문에 자본주의가 경쟁하는 장이기도 했다.

건축적으로는 역사주의와 신건축 운동이 날카롭게 충돌하는 곳이기도 했다.

일반 대중들을 상대로 열리는 축제 성격의 행사라는 점, 한 번 열릴 때마다 십수 채의 건물을 새로 지어야 하는 점, 이 건물들이 대부분 일회용이기 때문에 새로운 건축적 실험을 하는 데 부담이 적다는 점 등은 건축가들이 자신들의 경향을 적극 드러내서 널리 알리기에 상당히 유리한 조건이었다.

그러나 대한제국은 1회용 건축물은 없었다. 만국박람회장도 대회 기간이 끝나면 그대로 보존되어 그곳에서 각종 상품 전시회가 열리는 것은 물론 상상도 할 수 있는 종합 무역 전시장으로 존치될 것이기 때문이다.

그래서 높이를 낮추어 한국 고유의 멋을 뽐내면서도 실용적인 건물이 되도록 했다.

아무튼 이렇게 성황리에 개최되는 만국박람회는 장장 150일 동안 열리게 되어 있었다.

그런데 이 관람이 무료는 절대 아니었다. 상평통보 2냥으로, 은 1냥 정도 되는 값이었다.

이는 쌀 1섬의 값이기도 해서 서민은 입장할 게제가 못 되었다. 비록 지금은 신품종 벼가 재배되기 시작해 쌀값이 떨어지는 추세였지만 말이다.

이 쌀만 해도 그렇다. 내각에서는 농민들의 일정 수입을 보장해 주기 위해 원하는 자에 한해 전량 수매해 구 청나라 영토로 송출하고 있었다. 이는 벼의 주요 재배 산지이던 남쪽의 물화가 올라오지 못하는 탓에 대한제국의 쌀로 대체되고 있는 것이다.

그래도 일생에 한 번 있을까 말까 한 기회로 선전되어 중산층 이상은 서로 표를 구하려 난리였다. 아무튼 이 박람회의 또 하나의 특징이라면 부녀자의 날이 별도로 지정되어 있다는 것이다.

대회 기간 내에 총 3일이 책정되어 있어 이날만은 부녀자들만 입장할 수 있는 것이다. 이는 아직도 내외를 엄격히 가리는 우리나라 풍속 때문에 어쩔 수 없이 지정된 날이기도 했다.

이 외에 박람회 개최에 맞추어 새로 문을 연 곳이 다섯 곳이나 되었다.

동물원, 식물원, 수족관, 백화점, 종합운동장이 그곳이다.

동물원과 식물원, 수족관은 그동안 각 나라에서 수집한 세계 곳곳의 동물과 기이한 식물 및 물고기를 전시해 놓은 공간으로 입장료는 1전이었다.

저렴한 가격이었기 때문에 박람회를 구경할 형편이 못 되는 서민은 물론 박람회를 구경한 사람도 몰려드니 이 세 곳이 가장 붐비는 장소가 되었다. 여기에 5층으로 축조되어 매장 면적 1만 평에 이르는 대형 백화점은 생활필수품은 물론 고가의 최신 상품까지 판매하고 있어 이 또한 인산인해를 이루고 있었다.

그리고 또 하나, 종합운동장에서는 지금 한창 공연이 진행되고 있었다.

5만 명이 동시에 입장할 수 있는 웅대한 규모의 이 운동장에는 지금 전국에서 뽑은 남사당패가 온갖 묘기를 선보이고 있었다.

이곳이야말로 나라의 큰 잔치가 되도록 하기 위해 무료로 입장할 수 있음에 진짜 돈 없는 백성들을 위한 잔치 한마당이 열리고 있는 것이다. 이 운동장은 그동안 계획한 전국체육대회를 아직은 제대로 한 번도 개최하지 못한바 앞으로 대한제국의 연방 각 지역민이 겨루는 체육대회가 열릴 곳이기도 했다.

이렇게 구경할 곳이 많았지만 병호 및 황제 일행은 박람회

구경을 끝으로 돌아가야 했다. 황제 이하 황실 식구도 구경하지 못한 나머지 곳은 한 달에 두 번 있는 휴장 일에 찾도록 사전 설득이 되어 있었기에 안타까워하면서도 그들 모두 돌아갔다.

병호 또한 황실 식구와 같이 내각 자신의 집무실로 돌아왔다. 새로 건설된 두 개의 한강 다리 중 하나를 통해.

*   *   *

병호가 자신의 집무실로 돌아와 보니 뜻밖의 손님이 찾아와 있었다. 미국인으로 스톤월 잭슨(Stonewall Jackson)이라는 인물이었다.

스톤월은 그의 별명이고 그의 진짜 이름은 토머스 조너선 잭슨(Thomas Jonathan Jackson)이었다.

이 사람은 지금 한창 내전이 벌어지고 있는 남부 연합의 장군으로 미국의 역사를 대표하는 용장 중 한 명이었다. 그가 치른 눈부신 전투로 인해 돌담벼락 잭슨, 즉 스톤월 잭슨이라고 불리는 사람이 오늘 같은 잔칫날 조용히 찾아와 병호를 기다리고 있는 것이다.

아무튼 그가 누구인지 아는 순간 병호는 그가 무엇 때문에 찾아왔는지 직감했다. 그러나 병호는 모른 척 그와 인사를 나누자마자 물었다.

"무슨 일로 본인을 찾아오셨소?"

금년 39세의 잭슨이 용장이라는 명성에 어울리지 않게 조용조용 답했다.

"로버트 리(Robert Edward Lee) 장군의 명으로 우리 남부군을 도와주었으면 해서입니다."

"하면 우리에게 무슨 이익이 있소?"

"듣기에 무척 똑똑하고 유능한 총리라 들었는데 막상 만나보니 아닌 모양이오."

군사 요청을 하러 온 인물이 상대의 화부터 나게 하니 그 역시 군인이지 외교관의 자질은 없는 모양이다. 그러나 병호는 전혀 화를 내지 않고 빙긋 웃는 것으로 그에게 말했다.

"당신의 입으로 우리가 남부군을 도움으로써 얻는 이익에 대해 말해보시오."

"주지하다시피 미국 총수출품의 2/3를 면화가 차지하고 그 절반을 대한제국에서 수입해 국내 소비는 물론 전 세계를 상대로 가공 수출하고 있는 것으로 알고 있소. 헌데 만약 남부군에 패배해 노예제도가 사라진다면 지금과 같은 면화 생산은 도저히 불가능하오. 따라서 우리 남부군과 대한제국은 국익이 일치하오. 하니 당연히 도와주시리라 믿습니다, 각하."

잭슨은 정확한 사실만 말하고 있으므로 병호가 부언할 필요 없이 둘 사이에는 일치점이 있었다.

그럼에도 불구하고 병호는 침음하며 한동안 생각에 잠겼다.

"흐흠……."

잭슨의 말대로 대한제국의 경제를 위해서라도 남부군을 도와야 한다.

그리고 역사적으로도 이 남북전쟁 후 미국은 강대국으로 거듭나 세계 제1, 2차 대전을 거치며 세계를 호령하는 초강대국 반열에 오른다.

이는 세계 최강국을 꿈꾸는 병호로서는 미국이 강성해지는 것은 절대 원하는 바가 아니었다. 따라서 모든 면에서 대한제국의 국익에 부합하나 문제는 대의명분이었다.

노예제도의 폐지와 반대. 노예제도 폐지를 반대하는 남부군이 대의명분에서 밀리는 것이다. 그러나 꼭 그렇지만은 않다는 것이 병호만이 아닌 미국 사회 전반을 아는 자의 반론이었다.

사실 남북전쟁의 원인에 대해서는 아직도 많은 사람들이 그것은 노예제 때문이었다고 생각하는 경향이 있다. 포악하고 탐욕스러운 남부 농장주들로부터 노예를 해방시키려는 기독교인들의 거룩한 투쟁이 남북전쟁이라는 것이다.

모든 전쟁이 그렇지만 남북전쟁을 이처럼 선과 악의 싸움으로 도식화하는 것은 아주 순진하고 위험한 발상이다. 당시 노예제가 가혹했다고는 하지만 솔직히 북부의 공장주들 역시 노동자들을 노예보다 더 낫게 대우하지 않았고 남부의 노예주들 중에는 양심적인 사람도 많았다.

어떻게 보면 노예 문제는 표면적이고 상징적인 이유에 불과하다.

남북전쟁의 보다 근원적인 원인을 알려면 노예제로 대변되는 남과 북의 생활 방식, 특히 경제 구조의 근본적 차이에 주목해야 한다.

이미 17세기부터 남부는 전원적이며 농업 위주였고 북부는 도시적이고 공업 위주였다.

초기에는 이 둘이 그런대로 조화와 균형을 이루고 있었다. 그러나 나라가 커지고 산업이 발달하면서 북부의 생활양식이 남부를 압도하기 시작했다. 그로 인해 남부의 입지는 자꾸만 좁아져 갔다.

연방의회는 북부에 일방적으로 유리한 법령만을 통과시키고 철도의 대부분은 북부에만 건설되었다. 이민은 기반 잡기가 비교적 쉬운 북부에 집중되었고, 노예들도 '지하 열차'를 타고 북부로, 서부로 도망쳐 나갔다. 그것도 부족하여 이제 북부는 노예제 폐지를 외치며 남부의 생활 기반을 송두리째 파괴하려 나서고 있는 것이다.

이런 사정으로 1850년대 들어 남부에는 위기감이 확산되고 있었다.

캘리포니아를 위시한 서부의 여러 주가 노예제를 금지하고 최후의 보루로 여기던 캔자스까지 반노예주의자들의 수중에 들어가면서 남부의 위기감은 극도로 고조되었다.

이대로 가다가는 남북 간의 실력 차이가 갈수록 벌어져 남부는 앉아서 망할 것이 불 보듯 뻔했다. 이런 점에서 1860년의 대통령 선거는 남부에 사활적 의미를 가지고 있었다.

의회는 이미 북부가 다수를 점하고 있으므로 남부 출신, 아니면 최소한 남부에 동정적인 인물이 대통령에 당선되지 않으면 남부에는 더 이상 희망이 없어 보였다.

그러나 불행히도 이미 때가 늦었다. 남부에 동정적인 민주당이 강경파와 온건파로 나뉘어 단일 후보조차 내지 못하는 사이에 공화당은 혜성처럼 등장한 대중의 우상 링컨을 후보로 내세워 전국적인 바람몰이를 시작했다.

링컨은 불과 몇 년 전만 해도 거의 무명에 가까웠으나 1858년 일리노이 주 상원의원 선거에 공화당 후보로 출마하여 거물 정치인 스티븐 더글러스와 대결하면서 일약 전국적인 인물로 부상했다.

치열한 선거전 끝에 근소한 표차로 지기는 했지만 선거가 끝났을 때 그는 이미 더글러스보다 더 유명하고 인기 있는 인물이 되어 있었다. 2년 후 그는 압도적인 지지로 공화당 대통령 후보로 선출되었고, 당연히 노예제 폐지를 선거 공약으로 내걸었다.

많은 사람들의 우려 속에 치러진 1860년 대통령 선거의 결과는 예상대로 링컨의 승리였다. 당시 연방에는 18개의 자유 주와 15개의 노예 주가 있었는데 링컨은 모든 자유 주에서 압도적인 지지를 획득했다.

대신 남부에서는 불과 2만 4천표밖에 얻지 못했고, 9개 주에서는 단 한 표도 얻지 못했다.

연방은 그의 지지 여부를 둘러싸고 완전히 두 쪽이 났다. 그렇지만 선거인단 투표에서는 링컨이 과반수를 획득, 대통령에 당선되었다.

마지막 희망마저도 사라진 남부로서는 이제 달리 방법이 없었다.

링컨의 당선이 확정되자마자 지금까지 반연방주의의 선봉에 서온 사우스캐롤라이나 주가 비장한 선언문과 함께 맨 먼저 연방에서 탈퇴하고 독립을 선언해 버렸다.

경악한 연방의회가 황급히 타협을 제의했지만 이미 물은 엎질러졌다. 이듬해 2월 1일에는 미시시피, 플로리다, 앨라배마, 조지아, 루이지애나, 텍사스가 사우스캐롤라이나의 뒤를 따랐다.

2월 4일, 연방을 탈퇴한 주들은 미연합국(Confederate States of America)이라는 이름으로 새로운 독립 국가를 결성하고 제퍼슨 데이비스를 대통령으로 선출하는 한편 독자적인 헌법도 만들었다.

주저하던 버지니아가 마침내 남부 연합에 가담하자 아칸소, 테네시, 노스캐롤라이나가 뒤를 이었다. 이로써 미국은 건국 84년 만에 공식적으로 분열되었다. 남부 연합에는 인구 9백만 11개 주, 그리고 북부연방에는 인구 2천 2백만 23개 주가 가담했다.

남은 것은 전쟁뿐이었다. 링컨은 취임 연설에서 남부의 연방 탈퇴를 '내란'으로 규정하고 '정부를 유지, 보호, 수호하기 위해' 무력 사용도 불사하겠다는 강력한 경고를 했지만 이것은 오히려 불에 기름을 끼얹는 격이 되었다.

1861년 4월 12일 새벽 4시 30분, 남부 연합군이 연방군의 섬터 요새를 공격함으로써 남북전쟁의 막이 올랐다. 이런 배경이기에 병호는 주저 없이 결단을 내렸다.

"좋소, 우리가 어떻게 지원을 해주면 되겠소?"

"육군은 우리가 북군에 전혀 밀리지 않으나 해군이 취약합니다. 따라서 해군만 지원해 주신다면 우리는 분명히 승리를 쟁취할 수 있을 것입니다."

"좋소, 우리가 해군은 지원을 해주겠소. 그 대신 당신들도 우리에게 약속해 줄 게 하나 있소."

"그게 무엇입니까?"

병호는 느긋한 웃음을 지으며 답변에 나섰다.

제4장
알타 캘리포니아(Alta California)

"알타 캘리포니아(Alta California) 지역을 대한제국에 할양해 주는 것이오. 그리고 참전하는 병사당 월 13달러를 주시오."

"그것은 너무 과한 요구가 아닌가 합니다."

머리를 흔드는 잭슨을 향해 병호가 미소를 띤 채 말했다.

"내가 볼 때 남부군이 우리의 해군 지원만으로 승리하기는 어렵다 판단하기 때문에 육군 병력까지 지원하여 확실한 승리를 쟁취케 하는 대신 애초 멕시코 영토이던 곳을 떼어달라는 것이고, 북부군 또한 병사당 월 13달러를 받고 있으니 결코 우리의 제의가 무리한 요구라고는 보지 않소."

"흐흠!"

잭슨이 침음하며 생각에 잠기는 동안 병호도 생각에 잠겼다.

병호가 말한 알타 캘리포니아(Alta California) 지역은 현재 미국 캘리포니아, 네바다, 유타, 애리조나 북부, 와이오밍 남서부의 땅을 포함하고 있는 광대한 면적으로 1846년부터 1848년까지 지속된 미국과 멕시코 간 전쟁의 승리로 쟁취한, 원래는 멕시코 영토이던 곳을 말하는 것이다.

거기다가 북부군이 월 13달러를 받고 있다는 것은 이미 남북전쟁을 예의 주시하고 있던 정보부의 보고이니 틀림없을 것이다.

또 국력 면에서 봐도 북부는 남부의 국가 연합 11개 주의 인구가 흑인을 제외하면 545만 명에 지나지 않는 데 반해 북부 연방 19개 주의 인구는 1,895만 명이었다.

경제력에서도 북부는 남부에 비해 우세하여 자본에서는 4배, 공업 생산에서는 11 대 1, 철도 길이에서는 2 대 1 등으로 총체적 우세였다.

따라서 장기전이 된다면 남부군의 패배가 확실시되기 때문에 병호는 육군도 지원을 해준다며 참전 병력의 수당을 요구하고 있는 것이다.

아무튼 병호의 제안에 고심하던 잭슨의 침묵은 그렇게 길지 않았다.

"좋습니다. 단 월 10달러를 주는 것으로 하죠. 그래야 영원한 우방인 대한제국의 지원도 생색이 날 것이니⋯⋯."

"알겠소. 전권을 위임받은 것이오?"

의외로 병호가 쉽게 허락하자 잭슨의 표정에 잠시 의문이 떠올랐으나 답하지 않을 수 없어 했다.

"그렇습니다."

"하면 문서로 확실히 협정을 체결하도록 합시다."

"네, 각하."

이렇게 되어 보다 구체적인 협약이 이상적 외무대신과 스톤월 잭슨 장군 사이에 체결되기에 이르렀다.

그런 이면에는 할양하기로 한 캘리포니아 지역이 현재 북부군의 영토이니 자신들로서는 알 바 없는 일로써 쉽게 동의한 측면도 있었다.

아무튼 곧 잭슨이 물러가자 병호는 이상적을 불러 새로운 지시를 하달했다.

"일본에 좀 다녀오오."

병호의 지시에 말없이 이상적이 바라보자 곧 그가 다시 입을 떼었다.

"지난번처럼 일본군의 지원을 얻어서 오시오."

"이번에는 힘들지 않겠습니까?"

"그들에게 금번 우리가 얻게 될 수당 중 2달러, 즉 은 2냥을 녹봉으로 지급한다고 하시오."

이 당시 1달러는 은 1냥의 가치가 있었고 이는 쌀 한 섬 값으로 무시 못할 액수였다. 그렇지만 대한제국이 받게 될 수당 중 1/5을 떼어주는 것이니 상당히 남는 장사가 아닐 수 없었다.

"연으로 치면 쌀 스물네 섬을 지급하는 것이니 일본으로서는 쉽게 물리치지 못할 유혹이 되겠습니다."

"물론이오."

답한 병호가 갑자기 대소를 터뜨렸다.

"하하하!"

이에 깜짝 놀란 이상적이 그의 입만 주시하고 있자 병호가 곧 웃음 끝에 답했다.

"하고 이번 기회에 기획하고 있는 일이 있소."

"그게 무슨 일입니까, 각하?"

"빈집털이요."

"하옵시면 그들이 파병을 해 약화된 금번에 일본을 확실히 무력으로 점령할 계획이시옵니까?"

"그렇소."

"분명 좋은 안이기는 하나 일본을 속이는 것이니 양심에는 좀……."

"그들이 우리에게 행한 일을 잊었소?"

"그야 그렇습니다만……."

입맛을 다시는 병호와 이상적 사이에는 근본적인 생각의 차이가 있었다.

병호의 말은 그들이 원역사에서 조선을 병탄해 지른 만행을 포함해 분노를 표출하고 있지만, 이상적은 단지 임진왜란 때 행한 왜놈들의 만행만 생각하고 있을 것이었기 때문이다.

아무튼 병호의 지시에 의해 이상적은 곧 일본으로 건너가게 되었다.

이 당시 일본은 또다시 쇼군이 바뀌어 있었다. 제13대 쇼군 도쿠가와 이에사다(德川家定)가 4년 전 후손 없이 죽자 내분 끝에 도쿠가와 이에모치(德川家茂)가 14대 쇼군으로 옹립되어 있었다.

그러나 이 당시 쇼군 이에모치의 나이가 불과 12세였기 때문에 그의 후견인으로 도쿠가와 요시노부(德川慶喜)가 지정되어 두 노중과 함께 일본 천하를 좌지우지하고 있었다.

이런 정치 상황 속에 이상적은 도일하자마자 실세인 도쿠가와 요시노부와의 면담을 요청해 그와 마주 앉게 되었다. 후견인이라고는 하나 금년 26세의 젊은 청년인 요시노부와 마주

앉은 이상적은 내심 그를 만만하게 보고 있었다.

아무튼 그런 이상적이나 표정에는 전혀 그런 기색을 드러내지 않고 있는데, 젊은 청년 요시노부가 물었다.

"무슨 일 때문에 오셨습니까?"

"한마디로 말하리다. 병력을 좀 지원해 주시오."

"네?"

너무 뜻밖의 요청인 듯 자신도 모르게 반문한 요시노부가 정색을 하고 답변했다.

"병력을 철수한 지 얼마나 되었다고 또다시 병력 지원 요청을 하시는 겁니까?"

"알다시피 우리나라가 광대한 영토를 유지하려니 병력이 별로 없소. 해서 부탁드리는 바이오."

"그래도 그렇지……."

머리부터 흔드는 요시노부의 부정적인 말이 더 나오기 전에 이상적이 급히 말했다.

"미국이 지금 남북전쟁 중인데 우리는 남부군을 지원하려 하오. 미국이 더욱 강대국이 되어 일본의 개항을 요구하는 등 더 이상의 만행은 막으려 하니 협조해 주시오."

"하면 일본군이 출병하는 조건으로 대한제국은 우리에게 무슨 혜택을 주시겠습니까?"

"병사당 월 2냥의 은을 녹봉으로 지급하겠소."

이 당시 일본의 쌀값도 대한제국과 대동소이했으므로 월 쌀 2섬은 인건비가 싼 일본으로서는 상당한 고임이었다.

따라서 요시노부도 이 유혹을 뿌리치지 못하고 침음하며 생각에 잠겼다.

그런 요시노부가 물었다.

"얼마의 병력이면 되겠습니까?"

"다다익선이나 최소 20만 이상은 되어야 하지 않겠소?"

"거기에 탄약 등 병참 지원은 당연히 해주는 것이겠지요?"

"흐흠!"

잠시 생각에 잠긴 이상적이 답변했다.

"탄약은 우리가 지원해 줄 것이고 여타 병참은 남부군이 지 원해 주도록 하겠소."

"좋습니다. 각 번으로부터 지원병을 모집하도록 하겠습니 다."

"막부군은 얼마나 보낼 예정이오?"

"2만 정도를 생각하고 있습니다."

요시노부의 답에 이상적이 인상을 찌푸리며 말했다.

"너무 적은 것 아니오?"

"정국이 수상해 더 이상은 우리도 곤란합니다."

"하면 3만 명만 지원해 주시오."

이상적의 말에 잠시 생각한 요시노부가 답했다.

"알겠습니다. 그렇게 하도록 하겠습니다."

"바로 모집에 들어가 가급적 빠른 시일 내에 모집이 끝났으면 좋겠소."

"그렇게 하도록 하겠습니다."

이후 둘은 모집된 각 번의 군사를 어느 항구에 집결시켜 대한제국 군함에 승선시킬 것인가 등 구체적인 논의에 들어갔다.

이렇게 일본과의 협상이 조율되어 이상적이 귀국 보고를 하자 병호는 곧장 전 해군에 대한 전투 동원령을 내려 최신 전함 이순신함을 필두로 전함 200척과 해군 2만에 대한 파병 준비를 마쳤다.

그렇게 해 5월 15일이 되자 대한제국의 전함들이 대한 해역을 떠나 일본으로 향하게 되었다. 한편, 이때 미국 남부군은 큰 곤경에 처해 있었다. 이는 육지보다 해상 전투 능력이 약하기 때문에 저들의 해역 봉쇄 작전에 상당한 애를 먹고 있던 것이다.

애초 남부군은 대한제국보다 영국을 믿고 있었다.

영국은 대한제국 다음으로 면화를 많이 수입하는 나라였다.

그렇기 때문에 그들 또한 남부의 면화 산업이 타격을 입으면 안 되므로 자신들 편을 들어주리라 생각해 특사를 파견해 지원 요청을 했다.

그러나 영국 정부는 그들의 예상을 깨고 단호히 중립을 선언해 버렸다.

그런 데는 영국 정부 나름대로 대책이 서 있었다.

즉, 자신의 식민지인 인도나 이집트에서 면화를 수입하면 된다고 판단했기 때문에 중립을 선언하고 대신 열세인 남부군에 군수물자를 팔아먹으려는 약삭빠른 생각을 한 것이다.

그러나 그들의 예상도 빗나갔으니 북부군의 재빠른 해군력 증강에 의한 남부 해역의 봉쇄로 이 저지선을 뚫고 들어갈 수 없어 군수품을 팔아먹는 일은 곧 불가능하게 되었던 것이다.

영국이 그런 판단을 했듯 애초부터 북부군의 해군력이 강한 것은 아니었다.

남북전쟁이 시작될 무렵 북군의 해군력은 분산된 40척의 목조 전함뿐이었다.

그렇기에 북부의 공업력과 기술이 해군력의 강화와 재편성을 신속히 수행할 수 있게 하여 1862년까지 남부 해안 봉쇄 포고를 유효하게 할 수 있을 만큼 충분한 세력을 확보했다.

워싱턴 정부는 원양항해를 하고 있던 함선을 전부 불러들이고 새로운 함선을 건조함은 물론 민간의 무역선과 여객선들을 대량 구매하였다.

이러한 노력으로 1861년 말에 이르러 북부 해군에 80척의 증기선과 60척의 범선이 증강되었고, 봉쇄에 투입된 함선의 수가 160척에 달했다.

1862년에는 더욱 빠른 증강이 이루어져 북부 해군은 282척의 증기함선과 102척의 범선을 보유하게 되었다.

해군 병력도 빠른 수로 증강되어 전쟁 전 9천 명에 불과하던 북부 해군은 1861년 말 2만 4천 명으로 늘어났고, 이후 곧 5만 명을 넘었다.

이에 비하여 남부에는 함선 건조를 위한 조선소도 얼마 되지 않았고(전국에 걸쳐 7개소), 숙련된 선공(船工)과 수병의 수에서도 북부 해군의 물량을 당해낼 수 없었다.

이 때문에 남부에서는 함상 전력으로 북부 해군과 정면 대결하기보다는 기동력으로 북부의 함선들을 따돌리기 위한 쾌속선을 주로 띄웠는데 이들을 통칭하여 봉쇄 돌파선(Blockade Runners)이라 불렀다.

북부의 봉쇄와 관련하여 흥미로운 점은 의외로 봉쇄 작전에 지원하는 청년들이 많아 인원 부족을 걱정할 일이 없었다는 것이다.

물론 뱃일과 함상 생활이 결코 쉬울 리는 없었지만 일단 먹는 것과 입는 것, 더 나아가 술을 마시는 등의 일까지 생각하면 복무 환경은 전반적으로 육군보다 훨씬 나았다.

무엇보다 더욱 결정적인 것은 배에 타게 되면 총포탄에 맞아 죽거나 다칠 확률이 현격히 낮아진다는 것이다. 혹시라도 남부의 무역선이라든가 봉쇄 돌파선을 나포할 경우 짭짤한 금전적 이익도 얻을 수 있었다.

남부의 함선을 나포하였을 시 배와 함께 화물은 경매에 붙여졌고, 그에 따른 수익은 그 배를 나포한 함선의 승무원들이 나누어 가지게 되어 있었기 때문이다.

하나의 예를 들어보자면 북부 해군의 아이올로스(Aeolus)호가 남부의 돌파선인 호프(Hope)호를 나포하자 규정대로 경매 후 수익이 분배되었는데, 아이올로스호의 함장은 13,000달러, 현재 가치로 약 20만 달러에 해당하는 돈을 받았다.

그리고 수병 1명당 1천 달러, 현재의 가치로 약 15,000달러가 주어졌다.

참고로 이 당시 북부 육군 병사의 월 수당이 13달러, 현재의 가치로 약 200달러 정도이던 것을 감안하면 해군에 들어가 봉쇄 작전에 종사하는 것이 훨씬 나았음은 두말할 필요가 없었다.

아무튼 이런 속에서 남부 육군 또한 공세에서 수세에 처할 무렵 대한제국의 200척 전함에 실린 1차 일본군 병력 5만이 남부의 수도인 리치먼드에 북부군의 해상 봉쇄를 뚫고 하선되었다.

그리고 전함 50척만 남아 북부군의 해상 봉쇄를 무력화시켜 영국이나 여타 서양 열강의 군수품 공급이나 면화 무역이 순조롭게 진행되게 했다.

남부군이 전비를 조달할 수 있게끔 하는 가운데 150척 전함은 다시 일본으로 회항했다.

2차 일본 원정군을 태우기 위함은 두말할 것도 없었다. 이렇게 해 총 5회에 걸쳐 일본군 21만이 미국의 남북전쟁에 개입하는 새로운 역사가 전개되기 시작했다.

뿐만 아니라 150척의 대한제국군 전함도 이 전쟁에 가세하니 남북전쟁은 바야흐로 새로운 전기가 마련되고 있었다.

일본 군대를 미국 남부 연합에 파견하는 것으로 전쟁에서 승리하는 것은 절대 아님을 잘 알고 있던 병호는 최종 승자가 되기 위한 모든 수단을 동원하기 시작했다.

그것은 곧 대한제국의 위상을 이용한 서구 열강에 대한 외교적 압박 전술이 제일 먼저 시행되었다.

이를 하루라도 더 빨리 시행하게 된 배경에는 대한제국이 남부 연합을 지원하는 데 따른 항의 표시로 북부 워싱턴 정부가 먼저 단교 조치를 취했으며, 그 후속 조치로 대한제국 대사를 자신의 영토에서 추방함은 물론 자국의 외교관도 동시에 철수시킨 것이 그에 대한 기폭제가 되었음은 부인할 수 없다.

이에 대한제국 정부도 그 맞대응 형식으로 더욱 공세적으로 전환하니 지금까지 남부 연합을 승인하지 않고 있는 서구 열강에 대한 설득과 압박 전술의 전개가 그것이다.

즉, 이것은 노예제도의 폐지와 유지의 싸움이 아니라 남부와 북부의 경제적 이해관계에 따른 전쟁임을 적극적으로 다른 나라들에 알린 것이다.

남부는 전형적인 농경 산업사회로 면화 이외에 달리 생산품이 없어 이를 수출하고 또 외국에서 모든 물건을 수입해서 생활해야 된다.

그러나 북부는 이와 반대로 공업 생산력이 뛰어난 관계로 고율의 관세를 부과함으로써 그들이 생산하는 자국 공산품을 외국산으로부터 보호하려 했다. 따라서 대부분을 수입에 의존하는 남부로서는 싼 물가를 유지하기 위해서라도 저율의 관세를 유지하기 위해 촉발된 싸움이 금번의 남북전쟁이었다.

그러니 우리가 미국 시장에 상품을 수출하기 위해서라도 남부를 지원해야 하나, 꼭 그렇게 할 수 없다면 최소한 남부를 일개 독립국가로 승인하기 바란다는 내용을 기저로 서구 열강에 설파하기 시작한 것이다.

이에 따라 대한제국의 우방인 네덜란드 프로이센부터 남부 연합을 일개 국가로 승인하는 데 동참하기 시작하는 속에서 병호는 또 다른 조치를 취해 나가고 있었다.

즉, 전격적인 구 청국 영토에 대한 징집령이 그것이었다. 대한제국에 편입된 이상 수혜만 받을 것이 아니라 그 법률에 따른 의무도 져야 하므로 국민개병제에 의거 16세에서 18세에 이르는 장정(壯丁)은 군의 소집 요구에 응해야 한다는 칙령을 반포한 것이다.

원래 병호는 이 제도를 청국 북부를 병탄한 5년 후부터 시행하려는 계획을 갖고 있었다. 그래서 일차로 그들에게만 특혜를 주어 전역 후 경찰이나 선생을 조건으로 30만을 모집하기도 한 것이다.

그러나 2년이 흐른 지금 예상보다 그들 지역이 빠르게 안정을 되찾음은 물론 아국인으로 순치되자 그 시기를 3년이나 앞당겨 시행하게 된 것이다.

기 청국인이 빠르게 순치된 배경에는 다 그만한 이유가 있었다.

똑같이 이민족의 지배를 받기는 마찬가지 입장인 한인으로 보면 전의 지배자인 만주 왕조는 매번 서구 열강에 무릎 꿇는 일이 다반사인데 비해 신흥 강국 대한제국은 방대한 러시아 영토를 추가로 획득하는 것은 물론, 국제사회에서의 발언

권은 비교할 바가 못 되었다.

마치 보름달과 반딧불만큼이나 현격한 위상 차이가 나는
데다 금번에 개최된 만국박람회를 본 지역 유지들의 대한제국
에 대한 칭찬은 일반 백성들을 더욱 대한제국에 경도되게 만
드는 촉매제 구실을 했다.

이런 배경하에 점점 넓어지는 아국 영토를 지키기 위한 필
요성이 대두되자 금번에 3년을 앞당겨 징집령을 발하게 된 것
이다.

아무튼 그 결과 105만이라는 거대 병력이 새로운 징집 대
상이 되어 순차 입대를 하게 되었다.

즉, 18세로 나이 많은 자부터 시작하여 16세로 점점 나이
가 적어지는 자로 입대 순번이 부여되어 각 성마다 설치된 훈
련소에 입교하게 되었다. 물론 이 과정에서 많은 문제점이 노
정된 것도 사실이다.

3년을 앞당긴 여파로 이들 군에 지원해야 할 피복이며 군장
구들이 기존 군수공장에서 3교대로 정신없이 생산되어야 했
고 드라이제 소총 또한 마찬가지였다. 대한제국에는 하나의
원칙이 있었으니 기존 조선인이 아니면 자동소총을 지급하지
않는다는 것이었다.

이는 최악의 경우 이들이 반란을 일으킬 경우에 대비한 수
로 이들을 우수한 무기로 신속히 진압하기 위함은 두말할 것

도 없었다.

아무튼 이런 배경 속에서 1차로 미국 남부 연합의 수도인 리치먼드에 상륙한 5만 일본군은 장군 리의 작전 계획에 따라 둘로 나뉘었다.

즉, 3만은 수도 리치먼드를 사수하는 데 배치되었고, 2만은 현재 가장 치열한 교전이 벌어지고 있는 '남부 연합의 지브롤터'라 표현할 만큼의 요충인 빅스버그(Vicksburg)로 파병되었다.

이는 일본군 단독이 아닌 1만 5천 명의 남부군과 함께였다.

그런데 이 당시 빅스버그는 최악의 상태로 치닫고 있었다. 북군 수뇌부도 빅스버그의 중요성을 잘 알고 있어 함대를 동원하여 빅스버그를 포격해 보았으나 격퇴당한 적이 있었다.

아울러 당시는 브래그(Braxton Bragg)가 켄터키에서 북진에 나서면서 미시시피 주 북부에 또 다른 병력을 주둔시켰고, 빅스버그의 공략을 맡은 그랜트의 테네시군은 남부 야전군을 상대하느라 빅스버그를 제대로 공략할 수가 없었다.

그러나 브래그가 켄터키에서 철수하고 그랜트가 코린트에서 프라이스와 밴도른의 남군을 대파하면서 빅스버그에 대한 공략이 다시 재개되었다.

테네시군 수뇌부는 셔먼의 15군단으로 빅스버그에 대한 기습 공격을 감행하였다.

그러나 도강 지점이 늪지대여서 공격은 실패로 돌아갔다.

이때 빅스버그의 남군 수비대를 이끌고 있던 것은 특이하게도 북부 펜실베이니아 출신의 존 펨버턴(John Pemberton) 중장이었다. 펨버턴은 빅스버그에 대한 북군의 공격을 물리치고 빅스버그 주변을 참호로 둘러싸인 철옹성으로 만들었다.

그랜트는 빅스버그 공격에 앞서 물이 많은 주변의 지형을 바꾸기 위해 운하를 뚫으려는 시도도 하였으나 성공적이지 못하였다.

늪이 많은 강의 서쪽에서 공격하는 것이 어렵다고 생각한 그랜트는 철갑선들의 호위하에 빅스버그 남쪽의 그랜드 걸프(Grand Gulf)에서 수만의 병력을 미시시피강의 동쪽으로 도강시켰다.

이때 펨버턴이 수비 대신 도강하는 병력을 정면으로 공격하였으면 북군이 매우 곤란할 수도 있었지만, 펨버턴은 빅스버그 인근을 떠나지 않았다.

북부 출신으로 남군의 고급 장교가 된 펨버턴은 남군 내에서 극심한 시기의 대상이었다.

그랜트와 충돌했다가 패배할 경우 자신의 자리를 보전하기 어려웠기 때문에 펨버턴은 중요한 순간에 보신(保身)을 택하고 말았다.

아울러 그랜트는 남군의 수비를 방해하기 위하여 기병으로 구성된 기습 부대를 남부 깊숙이 진격시켰다. 기병대를 지휘하게 된 그리어슨(Benjamin Grierson) 대령은 어린 시절 말의 뒷발에 차이는 사고를 당하여 말이란 동물을 극도로 싫어하였지만, 아이러니하게도 그에게 주어진 1,700의 기병대를 의외로 잘 이끌었다.

그리어슨의 기병대는 미시시피와 루이지애나 주 북부를 횡행하였고, 스트레이트(Abel Streight) 대령이 이끄는 또 다른 기습 부대는 남부 테네시군의 보급선을 끊기 위한 임무를 띠고 앨라배마 쪽으로 향하였다.

스트레이트가 남군 네이선 포레스트(Nathan Forrest)의 기병대에 포로로 잡히면서 기습은 실패로 돌아갔지만, 그리어슨은 미시시피와 루이지애나를 마음껏 분탕질하며 남군을 괴롭혔다.

그리어슨의 기습대는 철로를 뜯어내고, 물류 창고에 불을 지르고, 열차 차량을 파괴하였을 뿐만 아니라 군량 보급소를 때려 부수고, 교량을 파괴하고, 중요해 보이는 건물에는 무조건 불을 질렀다.

피해를 견디다 못한 남군 기병대가 열심히 그의 군대를 쫓았지만, 그리어슨의 1,700 병력 중 피해는 전사 3명, 부상 7명,

그리고 실종 9명에 그쳤다.

남군에게 막대한 피해를 입힌 채 그리어슨의 기병대는 유유히 북군이 점령하고 있던 배턴루지(Baton Rouge)로 들어갔다.

펨버턴은 그리어슨의 기병대를 잡으려 기병과 보병을 파견하였지만 별 소득이 없었다. 미시시피의 주도인 잭슨에서 펨버턴을 지원하기 위하여 주둔하고 있던 남군 존스턴(Joseph Johnston)의 미시시피군 또한 그리어슨의 기습으로 섣불리 군을 움직이지 못했다.

만약 존스턴의 미시시피군과 펨버턴의 수비군이 힘을 합쳤더라면 북군에 맞먹는 병력으로 맞설 수 있었으나, 북군의 매클렐런처럼 지나치게 신중한 것이 탈이던 존스턴은 잭슨 인근에 그대로 남아 있었다. 아무튼 펨버턴이 직접 나서서 빅스버그의 고립을 막으려고 하였으나 레이먼드(Raymond) 전투에서 패하였다.

그랜트는 이어 존스턴에 대한 적극적인 공략을 펼쳤고, 존 맥퍼슨(John McPherson) 소장 휘하의 17군단을 잭슨으로 보냈다.

맥퍼슨이 잭슨 인근에 도착하였을 때 잭슨에는 남군 수비병 6천밖에 없었다.

남군의 존스턴 대장은 시가전으로 도시를 파괴하기보다는

물러나는 쪽을 택하였으며, 그레그(John Gregg) 준장에게 본 군이 물러날 때까지 잭슨을 지킬 것을 명하였다.

존스턴의 부대는 잭슨에서 철수했고 그레그 준장 역시 이를 따랐다.

잭슨을 점령한 북군은 도시에 불을 지르고 주요 시설을 파괴하였다. 중요한 것은 잭슨에서 빅스버그로 가는 철로를 끊어놓았다는 것이다. 이로 인해 잭슨은 교통 요지로서의 기능이 상실되었고 빅스버그는 완전히 고립되었다.

사실 존스턴이 며칠만 버텼으면 증원군을 받아 3만 5천의 병력을 확보할 수 있었지만, 너무도 빨리 철수를 명하는 바람에 빅스버그의 수비군에 사형선고를 내린 것이다. 6월 16일 남군이 다시 잭슨에 들어왔을 때 잭슨은 불탄 건물로 가득하였다

펨버턴은 여전히 존스턴의 군과 만날 수 있다는 희망을 버리지 않았기에 재차 돌파를 시도하였지만 6월 16일 챔피언 힐(Champion Hill)에서 잭슨에서 철수한 그랜트의 테네시군 본대와 조우하였다.

펨버턴은 또다시 패하고 다시 빅스버그를 둘러싼 참호선 뒤로 물러날 수밖에 없었다.

펨버턴의 뒤를 쫓는 그랜트의 군은 6월 18일 빅스버그 인근에 도착하였고, 다음 날 바로 공격을 시도하였으나 실패로

끝났다.

이어 6월 22일에 방어선을 뚫기 위한 재차 돌격을 명하였지만 3,000명의 사상자를 내고 역시 실패로 돌아갔다.

남군의 참호선이 정면 돌격으로는 뚫기 어렵다는 것을 깨달은 그랜트는 참호전에는 참호전으로 맞서기로 했다. 그랜트는 보방(Sebastien Vauban)의 참호 전술을 모방하여 평행 참호와 함께 지그재그로 참호망을 구축하였다. 양군의 참호망은 그 규모가 엄청났는데, 어떤 곳에서는 양군 참호 사이의 간격이 십 미터도 채 되지 않았다.

양군은 두 달이 넘게 대치하면서 치열한 포격전을 벌였다. 남군은 비축한 포탄으로 북군을 포격하였지만 북군은 압도적인 물량을 앞세워 남군을 압박하였다.

북군 포병대는 빅스버그에 매일 7만 발의, 그야말로 '포탄비'를 선물하였다.

육상에서 발사되는 7만 발의 포탄에다 강을 거슬러 올라온 북군 함선들에 의한 함포사격이 더해지면서 빅스버그는 지옥으로 변해갔다. 빅스버그의 시민들은 결국 살기 위해서 시가지를 떠나 빅스버그 주변 고지에 굴을 파고 생활하였다.

펨버턴의 남군과 빅스버그의 시민들은 어떻게든 북군의 공격을 버텨내려 하였지만 빅스버그는 완전히 고립된 데다 보급까지 끊긴 상태였다.

6월로 접어들면서 상황은 더욱 악화되어 갔고, 7월 말에는 식량마저 떨어져 짐을 운반하기 위한 나귀와 심지어 쥐까지 잡아먹는 지경에까지 이르렀다.

7월 25일을 기해 북군은 남군의 참호 밑으로 갱도를 파고 폭파시키는 작전을 전개하려 기획하고 있었고, 남부군도 용케 이 작전을 탐지하고 있었다. 아무튼 이때가 되어서야 철로가 끊어짐에 따라 도보로 현장에 3만 5천의 증원군이 도착하게 되었다.

곧 현지에 일본 고문단으로 파견된 일부 대한제국 해군 장교 및 사병들은 무엇보다 우선해 곧바로 일본군을 동원해 송수신 안테나를 세웠다.

이는 사전 작전 계획에 따라 병호에게 긴급으로 현지 사정이 무선통신으로 타전되었다.

이에 병호가 현지에 첫 지시를 내리니 '마을 주민 중 장님을 최대한 확보하라'는 것이었다.

이는 태평천국의 난 중에 원용된 일이 있는 작전으로 시력을 잃은 대신 뛰어난 청각을 갖게 된 장님들을 이용해 오히려 갱도를 굴착해 공격하려는 상대를 폭사시키는 작전을 시행하기 위함이었다.

대한제국 해군 장교의 건의가 일리 있다고 판단한 펨버턴은 긴급히 피신해 있는 시민을 상대로 장님 수배에 들어갔다.

그 결과 다섯 명의 장님을 군영 안으로 데리고 올 수 있었다. 이들은 곧 5개 권역으로 나뉜 전 전선에 투입되어 자신이 맡은 구역에 대한 탐지에 들어갔다.

전선에 어두움이 몰려든 시간. 시력을 잃은 대신 청각과 촉각이 극도로 예민해진 다섯 명의 장님은 특이하게도 모두 맨발로 자신이 맡은 구역을 정밀하게 탐지해 나갔다.

발끝으로 전해오는 미세한 진동마저 탐지하려는 이들의 투혼에 밤낮없이 3교대로 갱도 굴착에 여념이 없던 그랜트군의 미세한 땅울림과 이에 동반된 작은 소음들이 곳곳에서 잡혔다.

이에 해당 지점에는 다량의 폭약이 신속히 매설되기 시작했고, 이렇게 장님들은 밤새워 탐지에 심혈을 기울인 결과 다섯 곳의 갱도 굴착 현장을 포착할 수 있었다.

그렇게 낮의 긴 하루가 가고 다음 날 새벽 3시에 북군은 파놓은 갱도를 통해 대거 병사들을 투입해 일제히 공격을 개시했다.

그러나 적의 갱도 굴착 지점을 지키고 있던 장님들에 의해 적의 부산함 움직임이 포착되었고, 남부군은 적당한 시점이 되자 일제히 매설한 폭약을 폭발시켰다. 곧 갱도 안은 지옥으로 변하고 갱도 안에 투입된 병사들은 무너지는 흙더미 속에서 그대로 생매장당하고 말았다.

이것이 빅스버그 전투의 역전의 서막이 되었다. 다음 날부터 남부군은 증강된 3만 5천의 병력과 함께 대공세로 전환해 전 전선을 돌파하기 시작했다. 이에 대항해 그랜트 또한 북부군을 24시간 교대 투입해 맞대응에 나섰다.

그러나 전선 하나가 뚫리고 그곳을 통해 쏟아져 들어온 남부군이 우회 기동해 후미에서도 북군을 공격하기 시작하자 북부군은 속절없이 무너지기 시작했다.

그렇게 또 하루 남부군의 총공세가 이어지자 북부군은 더 이상 견딜 수 없게 되어 남군 진영으로 항복 사절을 보냈다.

펨버턴은 도넬슨 요새에서와 마찬가지로 무조건 항복을 요구하였으나 그랜트는 명예로운 항복을 할 수 없으면 저항을 계속하겠다는 의지를 내비쳤다. 이에 펨버턴은 북군 병사들이 총과 포를 버리고 모든 물자를 남겨두며 장교들은 권총만을 휴대하고 맨몸으로 남군 진영을 통과하여 철수하는 조건으로 항복을 허락했다.

이렇게 빅스버그의 수성으로 남부가 둘로 갈리게 되는 돌이킬 수 없는 사태를 막았으며, 남군은 미시시피강을 지켜낼 수 있었다. 이는 미시시피강이 북군의 수중으로 들어가 그들의 수송로가 되는 것을 미연에 방지한 결과가 되었으며, 텍사스와 아칸소가 강을 중심으로 분리되는 사태 또한 막아낼 수 있었다.

또 이는 남부의 숨통을 쥐려는 노장 스콧이 입안한 아나콘다 작전이 대실패로 돌아갔음을 의미했고, 장기적인 차원에서 보면 이 빅스버그 전투야말로 남북전쟁의 승패를 결정한 결정적인 전투의 하나가 되었다.

＊　　　＊　　　＊

한편, 해상에서 북군은 282척의 증기함선과 102척의 범선, 5만 명의 병력으로 남부군의 해상 봉쇄와 미시시피강 수로 점령에 나섰다.

그 결과 그들의 뜻대로 해상 봉쇄를 단행할 수 있었고, 미시시피강 수로 장악에도 일부 성과를 거두고 있는 시점에서 이들은 예상치 못한 강적을 만났다.

대한제국 해군의 참전이 그것이었다. 150척의 함정과 1만 해군을 일본군을 실어 나르는 데 투입했지만, 남은 50척의 전함과 해군만으로도 대한제국군은 북군의 해상 봉쇄를 저지할 수 있었다.

이는 북군이 최근 전투에서 승리한 것과 정반대 방향으로 전투가 진행되었기 때문이다.

북부 해군은 링컨 대통령의 봉쇄령에 보조를 맞추어 남부 해안에 대한 공략에 나섰다.

일단 중남부 해안에서 돌파선들이 출항하는 것을 막기 위하여 봉쇄 돌파선들의 '소굴'이 된 노스캐롤라이나의 해터러스 해협(Hatteras Inlet)을 공략하였다.

이 지역은 긴 섬들이 해안을 방파제처럼 막고 있었고, 남부의 함선들은 이 섬들을 이용하여 북부 봉쇄함들과 숨바꼭질을 하였다.

남부에서는 이 지역의 중요성을 인지하고 부랴부랴 수비를 보강하였고, 아울러 등대라던가 부표 등 항해에 필요한 시설물을 모두 철거하였다.

그렇지만 보강이 끝나기 전 1861년 8월 28일 상륙 병력을 실은 북부 해군의 전함 7척이 하테라스 앞바다에 나타났다.

이 지역을 지키고 있던 남군의 해터러스 요새(Fort Hatteras)와 클라크 요새(Fort Clark)에는 총 19문의 구식 활강포가 설치되어 있었다. 총 141문의 신식 강선포를 싣고 있던 북군 함대는 이를 이용하여 강선포의 최대사거리에서 두 요새를 포격하였다.

요새의 활강포로는 북군 함대를 타격할 수 없었다. 이어진 포격전에서 비록 두 요새의 병력 900명 중 사상자는 25명에 불과하였지만 두 요새 모두 주요 시설이 부서졌다.

이에 북군의 버틀러(Benjamin Butler)가 이끄는 육전대가 상륙하자 두 요새를 지키던 남군은 항복할 수밖에 없었고, 해터러스는 이후 북군의 봉쇄 작전에서 중요한 역할을 담당하게 되었다.

북부 해군의 남부 해안에 대한 작전은 계속되어 1861년 11월 7일에 사우스캐롤라이나 해안의 남부 요새인 포트 로얄을 점령하였다. 그러나 북군의 승리와 해상 봉쇄는 여기까지였다.

1862년 비록 대한제국 해군이 50척의 전함에 1만 병력의 전력이지만 저들은 아예 상대되지 못했다. 비록 저들이 신식 강선포로 대항한다지만 저들은 장약(裝藥)부터가 탄소·황·칼륨·질산나트륨을 혼합해서 만든 흑색 화약을 사용하는 데 반해 아군은 나이트로글리세린을 주재로 한 무연 화약을 사용하였으므로 사거리부터가 달랐다.

따라서 이는 마치 남군의 구식 활강포에 북군의 신식 활강포 이상의 현격한 사거리 차이가 나므로 아군은 저들의 사거리 밖에서 함포 공격을 할 수 있었다.

여기에 또 포탄의 성능 또한 현격한 차이가 났다. 저들의 포탄은 폭발력이 없는 커다란 쇳덩이인 데 반해 아군의 포탄은 자체로 큰 폭발력을 지닌 나이트로글리세린을 주재로 한 작약(炸藥)이었으므로 나무에 철갑을 두른 철갑선 정도는 포탄 몇 발에 풍비박산되는 참화를 면치 못했다.

이렇게 아군 해군의 활약으로 저들의 해상 봉쇄가 무용지물이 되자 남부군은 속속 전쟁 물자를 반입할 수 있는 것은 물론 주력 상품인 면화 또한 여전히 수출할 수 있게 되어 전비 조달에 상당한 기여를 했다.

또 수입 물자 또한 여전히 원활하게 공급될 수 있었으므로 비록 전쟁 중이지만 물가에 큰 변동이 없어 시민들을 고통에서 벗어나게 하는 효과도 부수적으로 거두었다.

이런 속에서 세월이 더 흘러 일본 원정군이 속속 도착해 21만이 전선에 투입되자 남부군은 완연히 수세에서 벗어나 공세로 전환했다.

1863년 봄.

리 장군은 대군을 이끌고 용약 출전했다.

리치먼드 사수 병 5만 및 각 전선에 6만을 배치하고 일본군 10만에 남부 자체 병력 7만 6천, 도합 17만 6천 명을 거느린 남부군의 불세출의 용장 리는 4월 27일 벌어진 챈슬러즈빌 전투에서 북군의 최정예로 알려진 포토맥 군단을 대파했다.

그렇지만 남군도 가장 유능한 야전사령관이자 리 장군의

오른팔 격인 스톤월 잭슨 장군을 이 전투에서 잃었다. 그렇지만 남군은 북진을 계속했고, 링컨은 이의 저지에 연방의 운명을 걸었다. 드디어 7월 2일, 남북의 대군은 게티즈버그에서 만났다.

주력이 포진하고 있는 워싱턴을 직접 공격하는 것보다 북쪽을 빙 둘러 포위하자는 리의 작전이었다. 즉, 이 전투를 승리해 수도가 함락될 위기에 처하면 북부는 강화를 요청할 것이고, 남부는 독립을 조건으로 강화조약 체결을 요청하는 동시에 서부의 알타 캘리포니아 지역의 할양 역시 요청한다, 이에 북군이 동의한다면 남부로서는 전쟁의 목적을 달성하는 것이다.

이런 전략하에 남군은 게티즈버그로 일약 진격한 것이다. 아무튼 게티즈버그는 수도 워싱턴에서 북쪽으로 약 100킬로미터 떨어진, 펜실베이니아와 메릴랜드 접경의 자그마한 마을이었다.

넓은 초원과 울창한 숲, 나지막한 언덕들, 귀족적이고 전원적인 농가 등 한마디로 미국의 전형적인 시골 풍경이 펼쳐져 있는 곳이었다. 이곳에서 막 남북전쟁 최대의 전투가 벌어지려 하고 있는 것이다.

북군 병력이 세메터리릿지로 속속 도착함에 따라 북군 10만은 세메터리릿지를 따라 길게 수비진을 구축했다. 아울러 세메터리릿지의 왼쪽인 컬프스힐(Culp's Hill)에도 방어선을 만들고 남군의 공격을 대비했다.

17만 대병을 거느리고 게티즈버그 북쪽에 있던 리는 북군이 강력한 방어선을 만드는 것을 보고 잠시 고심했다. 그러나 리는 일단 양면 공격을 하기로 했다.

그렇지만 동시 공격이 아니고 적절히 시차를 두어 공격할 계획이다.

일본 군단으로 하여금 세메터리릿지의 북군 좌익을 먼저 치면 위기에 몰린 좌측을 구하기 위하여 미드가 컬프스힐에 있는 일부 병력을 차출하여 좌측을 보강할 것이었다.

그러면 자신의 본군으로 컬프스힐을 공략하여 돌파한다는 작전이었다.

그러나 전쟁에 참여한 아군 해군 고문단의 생각은 달랐다. 고지에 자리를 잡은 적을 치는 대신 전군을 남쪽으로 돌릴 것을 건의했다.

남군 병력 전체가 워싱턴 DC를 향하게 되고, 결국 북군사령관 미드는 남쪽으로 가는 남군을 막기 위하여 고지에서 내려올 것이라는 예상이었다.

일리 있는 작전이라 판단한 리는 이 건의를 받아들였다. 더 많은 병력과 자신감 또한 이 작전을 채택하는 데 결정적 역할을 했다.

그도 그럴 것이 프레데릭스버그와 챈슬러즈빌에서 북군을 연파하였고, 병사들은 여러 전투를 통하여 경험을 쌓았으며, 많은 보급 물자를 노획하였기 때문에 군의 사기가 충천한 상태였다.

여기에 전투 경험이 풍부한 일본군마저 가세했으니 사기도 떨어지고 겨우겨우 훈련을 마친 북군 풋내기들과 싸워서 질 리가 없다는 것이 그의 판단이었다.

7월 3일 오후 1시.

남군 포병대가 북군 중앙에 포격을 개시했다. 이 포격은 2시간 동안 이어졌다.

그러나 이상하게도 북군 포병들은 잠시 반격을 하고 포격을 그쳤다. 그러고는 아무런 행동도 취하지 않고 남군의 포격을 바라보기만 했다.

남군은 자신들의 포격이 북군 포병대를 궤멸시켰다고 생각하고 피켓(George Pickett) 소장의 병력 1만에다 힐 소장의 사단에서 병력을 차출하여 15,000의 돌격대를 만들었다.

오후 3시, '피켓의 돌격(Pickett's Charge)'이라고 알려진 돌격 작전이 시작되었다.

시작 지점으로부터 북군의 진지까지는 약 1㎞ 정도였고, 아무런 장애물도 없는 개활지였다.

'돌격'의 시작은 비교적 조용했고, 처음 20분 동안은 아무

일도 일어나지 않았다. 그러나 남군이 개활지의 중간쯤에 도착하자 북군 포병대의 대포 80문이 일제히 발포를 시작하였다.

남군의 포격이 개시되자 곧 돌격이 이어질 것임을 눈치챈 포병대장이 발포를 멈추었다가 결정적인 순간에 일제히 포문을 연 것이다.

동료들의 팔다리가 떨어져 나가고 머리와 옷에 불이 붙어 불덩어리가 되는 지옥 속에서도 피켓의 군단은 돌격을 멈추지 않았다.

북군 진지로부터 약 200야드 지점에 이르자 언덕 위의 북군 보병들도 사격을 시작하였다.

엄청난 피해에도 불구하고 돌격대의 병력은 여전히 많이 남아 있었고, 일부는 북군이 있던 방어선에 난입하여 육박전이 벌어졌다.

계속되는 전투에 북군은 남군의 돌격을 막아내느라 사상자가 늘어 싸울 만한 병력이 부족해졌고, 설상가상으로 탄약도 모두 떨어지기 시작했다. 이에 사단장 체임벌린은 병력을 일렬로 배치했다.

이어서 '착검!'을 명한 다음 진격해 오는 남군에게 돌진을 지시했다.

그러나 곧 일본군 후위 부대 3만이 가세하자 그들은 7,500명의 사상자를 내고 뿔뿔이 흩어졌다. 이에 리는 전군에 대한 진격 명령을 내렸다. 그러자 북군도 어쩔 수 없이 고지에서 내려와 남부군을 추격하기 시작했다.

그러나 하늘도 남부군 편인지 갑자기 장대비가 쏟아져 추격하는 북부군의 발걸음을 지체케 했다. 이에 따라 북부의 포토맥 강물이 갑자기 불어나는 속에서 북부군은 멀어지는 남부군을 멍하니 바라볼 수밖에 없었다.

게티즈버그 전투에서 패한 북군의 상황은 더욱 악화되고 있었다. 링컨은 1863년 3월 13일에 징집령에 서명하였는데, 이 법안의 골자는 할당된 지원병 숫자(Quota)를 충당하지 못하는 주(州)에서 징집으로 모자라는 숫자를 채우게 하는 것이었다.

그러자 계속해서 사람들을 군대로 끌고 가면서도 패전만 거듭했다.

그로 인해 북부 내부의 불만이 더욱 커지기 시작했다. 1863년 6월에 오하이오 주의 홈스 카운티(Holmes County)에서 징집에 반대하는 주민들이 봉기하였다.

이들은 야포를 탈취하여 어설프게 요새까지 만들고 저항했으나 주지사가 보낸 연방군 420명에 의하여 진압되었다. 이어 1863년 7월에는 뉴욕 맨해튼에서 징집령에 반대하는 대규모 폭동이 일어났다.

물론 그 원인은 훨씬 더 복잡했지만, 돈이 있는 자들이 300달러를 내고 대리인들을 세워 징집을 피할 수 있는 조항이 문제가 되었다.

돈 있는 자들은 대리인을 세우거나 죽을 위험이 적은 해군, 또는 비전투 지역 주둔 부대에 지원하는 등의 방법으로 전장에 나가는 것을 회피했다.

이 때문에 하층민들과 이민자들 사이에서 '가난한 자들만 전쟁에 나가 죽는다'는 분위기가 만연했고, 1863년 7월 13일 맨해튼 47가 근처에 모여 있는 '의용소방대'를 포함한 500명의 군중이 징병 사무소를 습격하면서 폭동이 시작되었다.

이미 시작부터 경찰의 대응 수준을 넘어선 규모였고, 설상가상으로 근처에 군 병력이 없어 폭동은 맨해튼 전체로 번졌다. 연방 정부는 워싱턴의 병력 일부를 차출하여 뉴욕에 투입했다.

수천 명의 연방군 병력이 맨해튼에 도착하여 폭동을 일으킨 군중에 발포하고 총검으로 격투를 벌이기에 이르렀다. 뉴욕 포구에 정박해 있던 연방 해군 함선들 역시 동원되어 군중에 포격을 가하였다.

이러한 무자비한 진압 작전 끝에 3일 후에야 겨우 폭동이 진정되었다. 이런 폭동이 이젠 북군 내부 곳곳에서 일어나자 연방 정부는 더욱 수세에 몰릴 수밖에 없었다.

어찌 되었든 이것은 지엽적인 이야기에 불과했다. 리가 거느린 대군이 수도 워싱턴을 향해 진격해 오고 있었기 때문이다.

이에 워싱턴 연방 정부는 건곤일척의 승부수를 띄워 부근주의 군까지 최대한 끌어모아 최후의 결전을 준비하기에 이르렀다.

그런 이들에게 잠시 숨통을 틔워주는 사건이 남부군 내부에서 벌어지고 있었다. 즉, 이대로 워싱턴으로 진격하다가는 게티즈버그에서부터 계속 추격해 오는 북군으로 인해 앞뒤로 적을 맞을 수 있다는 판단하에 대한제국 해군 고문단은 후미의 적부터 섬멸하고 워싱턴으로 진격하자는 안을 리에게 건의하였다.

리가 이 제안을 전격 수용하자 이들은 곧 병력의 우위를 감안해 구릉과 구릉 사이에 넓게 펼쳐진 개활지를 전투 장소로 선택했다. 그리고 곧 모두 달려들어 참호를 파기 시작했다.

그렇게 기다리길 이틀, 기병정찰대를 앞세운 미드군 8만이 드디어 개활지에 모습을 드러냈다. 그간의 전투와 질병으로 인해 북군은 10만에서 8만으로 줄어든 상태였다.

아무튼 이들을 맞은 남군 16만 5천 명은 사전에 짜인 작전 계획에 따라 일본군 9만 5천 명이 이들을 맞아 싸우군 위해 달려 나갔다. 이에 응전하지 않을 수 없게 된 북군이 맞대응해 오자 양 진영 간에는 곧 피 튀는 총격전이 벌어졌다.

그렇게 2시간여 동안 총격전이 벌어지자 양 진영 간에 무수한 사상자가 발생했다. 즉, 일본군 2만 5천, 북군 3만이 졸지에 사망 내지 전투 불능이 된 것이다.

이렇게 되자 일본군이 먼저 구축된 진지 내로 후퇴했고, 북군이 잠시 숨을 돌리려 하자 이번에는 참호에서 휴식을 취하고 있던 남군이 애초의 작전을 바꾸어 이들에게 달려들었다.

곧 또 한 번의 피 튀기는 격전이 2시간여 동안 진행되자 더이상 버티기 힘들게 된 미드가 항복함으로써 이 전투는 끝이 났다. 그러나 이번에도 전과 비슷한 사상자를 냄으로써 승자도 마냥 기뻐만 할 수 없는 처지가 되었다.

전투가 가능한 북군은 겨우 2만이 남았고, 남군 또한 4만 5천만 생존해 있었기 때문이다. 아무튼 남부군은 북군을 무장 해제시키고 자신들 또한 휴식 및 부상자를 치료하며 사흘을 개활지에서 머물렀다.

그렇게 몸을 추스른 북군이 다시 워싱턴을 향하는 그 시간, 수시로 전황을 보고 받고 있던 대한제국 총리 김병호에 의해 전선에 일대 변화가 일어나고 있었다.

즉, 리치먼드에 주둔해 있던 일본군 5만을 움직이기 시작한 것이다. 남부 연합의 수도 리치먼드에는 애초 그곳에 주둔하고 있던 남부군 2만 명만 남겨두고 일본군 5만이 아군 전함 및 남부군의 함정에 실려 대거 워싱턴 공격에 동원된 것이다.

이에 그랜트를 사령관으로 하는 북부군은 최대한 끌어모은 병사 10만을 둘로 쪼개 응전하지 않을 수 없었다. 그러나 북부군은 대부분이 워싱턴 근교에서 갓 훈련을 끝냈거나 미처 끝내지도 못한 신병이 주였기 때문에 상황은 암울할 수밖에 없었다.

어찌 되었거나 그랜트는 손수 5만 병력을 이끌고 11만 5천 명으로 보다 숫자가 많은 리가 거느린 남부군을 맞으러 출전하였다. 그러나 그의 출전은 곧 무의미함이 밝혀졌다.

북부군 신병들이 수많은 싸움을 경험한 일본군에 힘 한번 제대로 써보지도 못하고 패하는 바람에 미합중국 대통령 링컨이 무조건 항복을 결정했기 때문이다.

이에 항복을 명받은 그랜트는 리에게 사절을 보내 만날 곳을 조율하였다. 사령관들이 조우할 곳을 찾던 사절들은 첫 번째 장소가 너무 낡았다는 이유로 거절하고 큰 도로변에 있는 윌머 맥클린(Wilmer MacLean)의 저택을 만남의 장소로 정했다.

만날 장소가 결정되자 리는 예법을 중시하는 군인답게 깨

끗한 정복으로 갈아입고 허리띠까지 둘렀다. 반면 그랜트는 전장에서 달려온 모습 그대로였다. 장화는 진흙투성이였고 셔츠는 풀어헤친 상태였다.

만남 직후 두 사람은 잠시 주위를 물리치고 미국—멕시코 전쟁(1846~1848)에서 동료로서 같이 싸우던 시절을 이야기하며 감회에 젖었다.

이미 승리가 굳어진 마당에 리는 남부 야전군의 총사령관으로서 자신이 베풀 수 있는 최대의 아량을 베풀었다. 법대로 하자면 북군 병사들은 모두 반란군으로서 포로가 되고 군사재판을 기다려야 한다.

하지만 리는 지휘관급 장성들을 사면하였고, 해당 장성들은 휘하 장교들과 장병들에게 사면을 내림으로써 처벌을 면하게 하였다. 장교들은 권총을 휴대하고 말을 탄 채 귀가할 수 있게 되었다.

사병들 역시 남부 연합 정부의 권위에 반항하지 않는 한 남부군으로부터 어떠한 제제도 받지 않고 귀향하는 것이 허락되었다.

1863년 7월 20일, 그랜트는 휘하 장교와 장병들에게 이별을 고하였고, 7월 21일에는 항복문서에 서명했다. 5만의 북부군 병사들은 개인화기를 하나둘씩 반납하였고 대신 넉넉한 군량을 지급 받았다.

그리고 게티즈버그 리틀 라운드 톱에서 남군과 싸운 피켓 소장은 떠나는 북군을 향하여 경례하면서 그동안 싸운 적에게 예를 표했다. 이리하여 북군의 항복식은 아무런 소란 없이 순조롭게 이루어졌다.

사실 모든 것이 순조로웠던 것은 아니다. 공식적인 항복에 앞서 7월 19일에 항복에 관한 제반 논의를 마치고 그랜트가 맥클린 저택을 떠나고 있을 때, 남군의 일부 병사들과 장교들은 승리감에 도취되어 환호작약하며 승전을 축하하였다. 리는 그들을 제지하며 이렇게 말했다고 한다.

"이제 그만하게. 반란군 모두가 다시 우리 동포가 되었어."

*   *   *

워싱턴에서는 워싱턴대로 급파된 이상적과 링컨 간에 협상 문안이 조율되어 양측의 서명이 있었다. 그 내용을 살펴보면 기존 남부 연합 11개 주를 별도의 나라로 인정하고, 1억 달러를 전쟁배상금으로 지불하며, 대한제국의 뜻대로 서부의 여러 주(州)인 알타 캘리포니아(Alta California) 지역을 대한제국에 할양한다는 내용이 포함되어 있었다.

이 소식이 곧 연방 정부에 의해 발표되자 연방 정부에 귀속되어 있던 캘리포니아를 비롯한 여러 주가 집단 반발에 들어갔다. 이 소식을 접한 병호는 곧 참전해 살아남은 일본군 총 17만을 이 지역에 투입해 진압에 나서도록 했다.

그리고 이들의 전개가 끝난 시점에는 대한제국 해군 전원이 귀환을 명받았다. 이런 속에서 이상적은 전쟁배상금 중 아군 몫으로 배당받은 3,150만 달러의 1/5인 630만 달러를 일본 막부 측에 전달하기 위해 일본을 찾았다.

그런데 문제는 남부 연합 국가로부터 받은 3,150만 달러가 현찰이 아닌 5년에 걸친 북부연방의 국채인 데 문제가 있었다. 전체배상금 중 1/5만 주어 4/5를 대한제국이 이득을 얻는 것이지만 외상으로 받은 것을 현찰로 주기는 아까워 막부와의 협상이 필요했던 것이다.

이런 사정 속에 일본의 실권자 도쿠가와 요시노부와 대좌한 이상적은 서로의 수인사가 끝나자 곧바로 본론으로 들어갔다.

"약속대로 병사당 2달러에 15개월의 전투 기간을 감안하여 630만 달러를 지불하러 왔소이다."

"감사합니다. 헌데 15개월 치면 올 7월까지인데 나머지 기간은 어떻게 되는 것입니까?"

"물론 나머지 알타 캘리포니아 주둔 기간 또한 그 기간을 산정해 추후 지불할 것이오. 이의 없지요?"

"감사합니다."

"헌데 문제가 좀 있소."

"무슨……?"

의아한 표정으로 바라보는 요시노부를 여전히 미소를 띤 채 바라보며 이상적이 말했다.

"우리가 미 남부 연합으로 받은 것이 5년 후의 국채라 5년 후에 일괄 지급하겠다는 것이오."

"무슨 말도 안 되는 소릴!"

요시노부가 격렬히 반대할 만큼 대한제국이 받은 국채가 같은 조건이 아니었다. 남부군이 북부군에 받은 연 2천만 달러씩 5년에 걸쳐 상환되는 국채 내용 그대로 받았으니 이 부분에서도 이익을 남기고자 한 것이다.

아니, 좀 더 솔직히 말하면 이들의 내분을 유도하고자 지금 공작을 진행하고 있는 중이었다. 그런 속셈이니 요시노부의 반발에도 불구하고 이상적의 태도는 강경하기만 했다.

"그렇게라도 받으려면 받고 아니면 마시오."

"너무하십니다. 이건 완전히 조선 속담대로 화장실 갈 때 다르고 나올 때 다른 행위 아닙니까?"

"하면 우리가 일방적으로 손해를 보라는 말이오?"

"일본에 비하면 대한제국이 훨씬 부자 나라 아닙니까? 그러니 좀 융통성을 발휘해 연간 얼마씩이라도 지급해야 우리도 각 번을 달랠 수 있지 않겠습니까? 부탁합니다, 외무대신

각하!"

사정이 다급해지자 머리까지 조아리는 요시노부를 침음하며 바라보던 이상적이 마지못한 듯 말했다.

"하면 3년 후 그 절반을 대한제국이 은으로 제공하겠소."

"그보다는 액수가 좀 적더라도 당장 얼마라도 지급해 주십시오. 그래야만 각 번의 입을 틀어막고 그 불평을 잠재울 수 있을 것 아닙니까?"

요시노부의 사정조에도 불구하고 이상적 역시 대한제국의 처지가 어렵다는 것을 설명해 나갔다.

"그렇게는 힘드오. 왜냐하면 우리도 지금 계속되는 전비 조달로 재정적 어려움을 겪는 데다 금번에 또 100만 대군을 양성하려니 그 비용 또한 만만치 않기 때문이오."

위의 내용은 절반은 맞고 절반은 실제와 달랐다. 그렇게까지 대한제국의 재정이 어려운 것은 아니었기 때문이다. 아무튼 이상적의 설명에 난감한 표정을 짓던 요시노부가 생각 끝에 다시 말했다.

"정 그렇다면 대한제국이 발행하는 1년 만기 국채로 당장 1/5만이라도 주십시오. 아니면 5년 만기로 당장 전부를 주셔도 좋고요."

"흐흠!"

침음한 이상적이 답했다.

"아무리 생각해도 종전의 답변을 되풀이할 수밖에 없을 것 같소."

"말도 안 되는 소릴! 피를 판 대가가 겨우 그것입니까?"

격분해 고함을 지르는 요시노부였다. 그러나 여전히 평온한 신색을 유지하고 있던 이상적이 수정 제의를 했다.

"정 그렇다면 전체 금액을 5등분해서 지금부터 연간 1/5씩 대한제국 국채로 지급해 주되 지급 기일을 지금부터 각각 5년 후요."

"……."

이상적의 제의에 요시노부는 말없이 생각에 잠겼다. 그 까닭은 대한제국의 위상이 높은 관계로 그 채권 역시 신용도가 매우 높았다. 따라서 이것이 시장에 풀려 나가면 할인이 되어 이자는 좀 떼이겠지만 당장 현금화할 수 있기 때문이었다.

"그 방법으로 하되 만기를 3년으로 해주시오."

"좋소, 그렇게 합시다."

"고맙소."

이로써 양국 정부 간에 파병에 대한 인건비 정산 방법이 합의되었다.

그러나 이것이 시작이었다. 이상적이 귀국한 후 일본 열도에는 이상한 소문이 돌기 시작했다. '막부가 대한제국으로부터 각 번에서 차출된 파병비를 다 받고도 정산을 해주지 않고 있다'는 내용이었다.

물론 이 소문은 일본 내 잠복해 있는 대한제국 정보 요원들이 퍼뜨린 헛소문이었으나 이 소문이 점점 퍼져 각 영주들이 전부 알게 되었을 때는 그 파장이 만만치 않았다.

그 결과 제대로 된 영주들은 막부에 사실 확인을 요청해 막부의 답변으로 그 진상을 알았지만, 종내 막부에 적대적이고 과격한 영주들은 대뜸 천황을 찾아가 이를 하소연하고 막부에 정산 요청을 하도록 명을 내려달라는 청원을 했다.

이에 고메이 천황(孝明天皇) 역시 막부가 못마땅하기는 마찬가지였으므로 각 번에 비밀리에 칙서를 하달했다. 그 내용은 '더 이상 막부를 믿을 수 없으므로 이제 조정을 중심으로 각 번들은 단결하여 친조(親朝)파인 막부를 이 땅에서 몰아내야 한다'는 내용이었다.

천황의 칙서야말로 막부에게 내려지는 것이 원칙이었으며, 천황이 독단으로 번에 내리는 경우는 한 번도 없었다. 고메이 천황의 이 계해밀칙(癸亥の密勅)은 각 번과 막부의 갈등을 폭발시켰고, 여기에 많은 번들이 가담하며 상황은 천황을 중심으로 한 각 번과 막부의 대립으로 치달았다.

물론 각 번들이 다 이에 동조하는 것은 아니었고, 일부는 천황을 지지한 반면 일부는 막부 편에 섰으니 각 번도 둘로 나뉘는 결과가 된 것이다. 이런 속에서 대한제국은 역사의 또

한 고비를 맞고 있었다.

1863년 계해(癸亥) 12월에 들어 초이레가 되자 갑자기 황제의 용태가 심상치 않다는 내용이 내각에 전달되었다. 그런가 싶더니 자시(子時)를 지나 8일이 되자 환후가 위독하다는 내용이 속속 내각에 전해지며 황실과 내각이 숨 가쁘게 돌아가기 시작했다.

황실은 황실대로 황실의 최고 어른인 태황태후 조 씨의 지휘 아래 일사불란하게 대처했고, 내각은 내각대로 긴박하게 움직이기 시작했다. 비록 밤중이지만 태황태후 조 씨는 묘사(廟社), 전궁(殿宮), 산천(山川)에 날짜를 가릴 것 없이 기도(祈禱)를 행하라고 명하였다.

그렇게 한 시진이 더 지나 더욱 위태롭다는 내용이 전달되자 일단 대보(大寶)를 태황태후전(太皇太后殿)에 봉납(捧納)하게 하라고 명하였다. 그 시간 병호도 한밤중에 이 소식을 듣고 허겁지겁 궁궐로 달려가 침전이 있는 3층으로 향했다.

그가 경복궁 3층에 도착해 황제 원범을 살피니 벌써 의식 불명이라 그 누구도 알아보지 못하는 것은 물론 한마디 말도 할 수 없는 상태였다. 그런데도 주변에는 평소 그가 총애한 한 의들만 모여 앉아 어쩔 줄 모르고 있었다.

이에 병호가 화를 내며 양의도 부르게 하여 들였으나 양의들마저 고개를 절레절레 저었다. 가망이 없다는 이야기였다.

원인을 물어보니 지나친 음주와 방사로 인해 몸이 많이 상했
는데도 몸을 정양치 않고 계속 그 짓을 일삼은 데다 독감이
폐렴으로 전이되어 가망이 없다는 이야기였다.

이날이 원역사대로 그가 죽을 운명이지만 젊어서부터 병호
가 기회 있을 때마다 건강에 대해 간했건만 그는 끝내 말로만
어쩌고 하고 전혀 실행에 옮기지 않은 탓에 이 지경에 이른 것
이다.

아무튼 축시(丑時: 새벽 1~3시)가 되자 태황태후 조 씨를 비
롯해 황태후 홍 씨, 황후 김 씨, 귀비 양순 등이 몰려들어 울
고불고 난리를 치는데 병호는 다른 방으로 슬쩍 태황태후를
불러 말했다.

"마마, 아무래도 후사를 준비해야겠습니다."

"황성(皇城)은 어찌 되었소?"

"이미 비상 경계령을 하달해 철통같이 지키고 있으니 그에
대해서는 염려하시지 않아도 됩니다, 마마."

"후손이라야 딱 한 명 있으니 후사를 논할 가치도 없는 것
아니오? 비록 방계에다 보령 유치해 걸리기는 하지만 이제 와
서 어쩌겠소?"

"수렴청정을 하셔야 하지 않겠습니까?"

신임 황제로 거론되는 이영(李永)의 보령 겨우 7세였기 때문
에 병호가 수렴청정을 거론한 것이다. 이에 태황태후 조 씨가

답했다.

"궁궐 깊숙이 앉아 있는 아녀자가 무얼 알겠습니까마는, 황제의 보령 유치하니 어쩔 수 없이 승낙해야 할 것 같습니다, 총리대신."

"황실의 법도이니 그렇게 하는 것으로 하고, 내각과도 긴밀히 소통하시면 큰 문제는 없으리라 사료되어집니다, 마마."

"정사에 관해서는 문외한이니 총리대신께서 어린 황상을 잘 보필하여 주오."

"너무 염려 마시옵소서, 마마."

"나로서는 총리대신만 믿고 의지하니 잘 부탁하오."

"별말씀을."

금방 고개라도 조아릴 듯한 금년 56세의 태황태후 조 씨를 보고 있노라니 왠지 인생이 허망한 생각이 들었다.

비록 그녀의 나이 56세이나 벌써 귀밑머리가 하얗게 세어 궁 생활이 녹록지 않음을 방증하는 데다 병호 자신의 나이도 어언 37세로 이 시대로 보면 중년이라 해도 지나친 말이 아니었기 때문이다.

아무튼 그녀와 밀담을 마치고 다시 침전으로 돌아와 보니 황제 원범은 여전히 의식불명 상태에 빠져 있었다. 그러던 그가 잠시 의식이 든 것은 묘시(卯時: 새벽 5~7시)가 가까워진 인시(寅時) 무렵이었다.

그런 그가 간신히 손을 들어 병호를 침전 가까이 불렀다. 그리고 말없이 병호를 잠시 바라보는 것 같더니 갑자기 주르르 눈물을 흘렸다. 그 모습을 보니 병호 또한 가슴이 먹먹해오는데 원범이 손을 내어 병호의 손을 잡았다.

이 과정이 자신의 남은 기를 전부 짜내는 듯 길고도 힘들게 보였다. 힘이 전혀 들어가지 않는 황제의 손을 병호가 살짝 힘주어 잡자 온 힘을 다해 갈라진 소리를 어렵게 어렵게 토해냈다.

"황자… 잘 부탁……."

그것이 그가 이승에서 뱉은 마지막 말이자 유언이었다. 시각이 묘시를 지나는가 싶더니 이내 그의 고개가 힘없이 옆으로 꺾였고 손 또한 스르르 풀렸기 때문이다.

이를 지켜본 황실 가족이 울음을 터뜨리는 가운데 황제를 모시던 내시와 상궁 나인들 역시 소리 죽여 오열을 터뜨렸다. 이에 졸지에 침전은 눈물바다가 되었다. 병호 또한 눈가가 축축해지는 것을 금치 못하며 침전을 물러나왔다.

이후 장례 절차가 진행되었고, 7세의 어린 황자가 신임 황제로 등극했다. 이날이 12월 13일로 선황의 붕어 후 오 일째 날이었다. 상중이라 경복궁에서 조촐하게 즉위식이 치러졌다.

그 이튿날.

병호가 자신의 집무실에서 제반 서류를 검토하고 있는데

비서실장 오경석이 와서 고했다.

"러시아 대사가 면담을 요청하는데 어찌할까요?"

"푸탸틴이?"

"네, 각하."

"요즘 러시아와 걸린 현안이 있는가?"

"없습니다, 각하. 하지만 하나 짚이는 것은 있습니다, 각하."

말없이 병호가 오경석의 입만 주시하고 있자 그가 말했다.

"러시아 대공녀와 황제 간의 약혼 건입니다, 각하."

"아! 양국 황실 간의 혼사를 황제 서거 후로 미룬 일이 있었지?"

"그렇습니다, 각하."

"물어서 만약 그 건이라면 3년 후에나 논하자고 하고 돌려보내. 우리의 예법이 그렇다고 설명해 주고."

"상중이라도 얼마든지 혼사 정도는 논할 수 있는 것 아닙니까?"

"이 사람이 내 말귀를 못 알아듣는군. 지금 러시아 대공녀와 약혼을 한다면 그녀가 대한제국의 황후가 되는 것인데, 그래서야 될 말인가?"

"그렇게 하지 않으면 되지 않습니까?"

"러시아 측에서 그렇게 요구할 텐데, 다 피곤하단 말이야. 그러니 여러 소리 말고 내 말대로 행해."

"알겠습니다, 각하."

병호가 짜증을 내자 오경석이 얼른 대답하고 집무실을 빠져나갔다.

이렇게 또 한 해가 저물어가고 1864년 갑자(甲子)년 새해가 밝았다. 설을 맞아 병호는 각 부 대신들을 거느리고 황제를 찾아 단배식(團拜式)을 거행하였다. 그러자 의젓하게 절을 받은 8세의 어린 황제가 말했다.

"예로부터 이맘때면 세찬(歲饌: 명절 음식)을 내리는 것이 관례라 들었소. 하니 노인과 유현(儒賢)에게 세찬을 하사함이 좋겠소. 하고 조정의 관리로서 나이가 90세 이상 된 사람들에게는 각각 한 자급씩 가자(加資)하고 자궁(資窮: 당하관(堂下官)으로서 제일 높은 품계(品階), 곧 정3품 통훈대부)이 된 자는 자리를 더 설치하여 단부(單付: 관직에 임명함)하라 명하심이 어떻겠소?"

황제의 말에 병호는 내심 실소를 금치 못했다. 자신이 오랜 세월 벼슬살이를 했음에도 불구하고 조정에서 쓰는 말이 귀에 익지 않은데, 이제 8세의 어린 황제가 조정의 용어를 정확하게 구사하니 이는 누군가 가르쳐 준 것임에 틀림없었다.

따라서 어린 황제는 이를 정확히 암기하여 자신과 의논하고 있는 것이라 생각하니 내심 웃음이 나왔지만 명색이 황제인데 거절할 수 없어 병호는 그렇게 하겠노라 답하고 궁을 물러나왔다.

이틀을 쉰 병호는 삼 일째부터 관례대로 각 부에 대한 연두 순시 및 업무 보고를 청취했다. 그러고 나니 1월 11일이었다. 그러고 나니 또 귀찮은 일이 생겼다.

조정의 예법으로 공식적인 거상(居喪) 기간이 끝났으므로 병호는 각 대신을 거느리고 신임 황제께 문안을 드리러 갔다. 사전에 통보가 되었으므로 태황태후 조 씨마저 임한 가운데 갑자기 환갑이 넘은 법무대신 김학성이 충간을 하기 시작했다.

"하늘에서 우리 황상께 복을 내리고 지혜를 내리고 오랜 연대를 누릴 수 있게 하는 것이 오늘로부터 시작됩니다. 당요(唐堯)나 우순(虞舜)과 같은 훌륭한 덕이라든가 태산 반석과 같은 나라의 튼튼한 터전은 다 황상 스스로 닦으셔서 이룩하게 될 것입니다. 황상의 일체 행동은 하늘이 굽어보고 있으니 항상 하늘을 경외하는 마음을 가져야 하며, 나라의 법과 규례란 것은 선대로부터 이어 내려오는 것이니 언제나 선대를 본받으려는 마음을 품어야 합니다. 종묘(宗廟)와 궁(宮)의 제사를 잘 받들되 항상 정성과 공경을 우선으로 하며, 자전(慈殿)을 깊이 사모하면서 언제나 뜻을 받드는 것을 근본으로 삼아야 할 것입니다. 검소하게 생활하여 재정을 넉넉하게 하고 바른 말이 들어오는 길을 열어놓아 부족한 것을 보충할 수 있도록 해야 합니다. 강학(講學)을 부지런히 하는 것이 덕을 닦는 토대가 되고, 백성들을 사랑하는 것이 근본을 튼튼히 하는 도리가 됩니다. 오직 전일한 마음으로 잠시라도 이런 생각에서 떠나지 않는다면 덕이 날로 높아지고 정사도 날로 잘 되어갈 것입니다. 하늘도 기뻐서 복록(福祿)을 내려주기 때문에 자손을 많이 두는 경사와 나라의 사적이 억만대 이어지는 상서로움이 반드시 이르게 될 것입니다. 신은 적이 마음속으로 축원하는 바이니 삼가 바라건대 황상께서는 힘쓰고 또 힘쓰소서."

하자 어린 황제가 점잖게 하교했다,

"아뢴 것이 지극히 합당하니 심히 좋도다. 꼭 명심하겠다."

그런데 이것이 시작이었다. 최익현 등 옛 유자 출신들이 돌아가며 한마디씩 황제에게 충언을 하는데 병호는 정말 짜증이 일어 간신히 참아내고 있었다. 그런데도 이를 모르는 자들이 돌아가며 계속 어쩌고저쩌고 하자 낮은 소리로 이를 질책했다.

"그만들 하오. 엄연히 자전(慈殿: 조 태황태후)께서 계시니 잘 가르치시지 않겠소."

이 말에 태황태후가 기분이 언짢은지 가볍게 상을 찡그리더니 병호에게 말했다.

"총리대신은 나 좀 보오."

병호는 속으로 한숨을 내쉬었다.

'저 할망구는 또 왜 저래?'

제5장
총리의 일상

할 수 없이 병호가 태황태후 조 씨를 따라 접견실로 향하니 먼저 자리에 앉은 그녀가 자리를 권하며 말했다.

　"신하들이 충심에서 우러나 간하는 것이 총리대신은 듣기 싫소?"

　"아무리 좋은 곡조라도 되풀이해서 들으면 짜증이 나는 법입니다. 한데 알 만한 이들이 계속해서 같은 말만 되풀이하니 저도 모르게 그만 얼굴을 붉힌 것입니다."

　병호가 황실을 예우해 붙이던 '마마' 소리도 생략하고 말을 맺는데, 이를 아는지 모르는지 조 태황태후는 퇴행적 발언만

일삼았다.

"좋소, 그건 그렇다 치고, 작금을 살펴볼 것 같으면 과거제가 옛날 같지 않아 황상을 보필할 승정원의 벼슬아치들도 선정하기 어려우니 이번 한 번에 한해 옛날 방식으로 과거를 시행해 보는 것이 어떻겠소? 신황이 등극했으니 좋은 핑곗거리 아니오?"

"엄연히 시대가 달라졌습니다, 마마."

"이번 한 번에 한해 부탁하오. 하고 선황이 등극하면 100세 이상의 노인들은 공경하여 가자하는 예도 있으니 그대로 따라주었으면 좋겠소. 그것도 옛 조선의 노인들에게만 행하면 될 것 같소. 솔직히 나는 넓어진 영토도 실감이 안 나고 지금의 법제도 잘 모르겠소."

'휴!'

내심 한숨을 쉰 병호가 답했다.

"과거의 시행은 어렵지만 100세 이상의 노인들에게 가자하는 것은 크게 어려운 일이 아니니 마마의 뜻에 따르도록 하겠습니다."

병호의 말에 약간 실망한 표정의 조 태황태후가 말했다.

"또 하나의 부탁이 있소."

"말씀하시죠."

"내 조카에게 말단이라도 벼슬을 주고 싶은데 어찌 생각하오?"

"누구 말입니까?"

"성하(成夏)라고 병구에게 입양된 내 친조카요."

그가 누구인지 파악한 병호가 대뜸 물었다.

"몇 살입니까?"

"금년 열아홉이지, 아마?"

병호가 개구리 올챙이 적 생각을 하지 못하고 답했다.

"아직 나이도 어린 데다 정실에 의한 인사는 나라를 망치는 근본입니다, 마마."

"그래서 안 되겠단 말이오?"

파르르 떠는 조 대비를 보면서도 병호는 거침없이 내뱉었다.

"내 손으로는 못 하겠으니 알아서 하시기 바랍니다."

"그렇다고 내가 못 할 줄 아오?"

자리를 박차고 일어나는 조 태황태후를 보노라니 병호의 머리에 갑자기 그녀의 선친 조만영이 떠올랐다. 그래서 병호가 그녀에게 달려들 듯 물었다.

"내게 기분 나쁜 감정이라도 있습니까?"

"아니라고는 말 못 하겠소."

"하하하!"

병호의 느닷없는 광소에 움찔한 조 태황태후가 차마 자리를 뜨지 못하고 병호의 눈치를 살폈다. 그런 그녀에게 병호가 윽박지르듯 낮은 소리로 말했다.

"황실의 안녕이 누구의 손에 달렸는지 거듭 생각해 보시고 앞으로 말을 가려서 해주기 바랍니다."

다시 한번 움찔하며 생각에 잠긴 조 태황태후가 새삼 겸손 해진 자세로 말했다.

"이제 나이가 드니 때로 분수도 잊는 모양이오. 서운했다면 용서하오."

"저도 마마의 원을 하나 들어 드리도록 하겠습니다. 이번에 한해 옛 방식대로 과거를 한 번 실시하도록 하겠습니다."

급 화색이 돈 그녀가 감사를 표했다.

"고마운 일이오."

"더 하실 말씀이 없으면 이만 물러가도록 하겠습니다."

"그, 그리하오."

이래저래 기분이 상한 병호가 곧장 어전으로 향하지 않고 궁을 물러나니 이 소식을 접한 전 각료들이 허겁지겁 뒤를 따 라 나왔다.

이를 보며 새삼 다시 한번 현실을 인식하게 되는 어리고 늙 은 황실 인물들이었다.

*　　　*　　　*

황실을 빠져나왔음에도 불구하고 병호의 한 번 상한 기분은 나아지지 않았다. 태황태후라 하나 유폐되다시피 살던 그녀가 수렴청정이라는 제도에 의해 황실 권력을 쥐자 천지 분간도 못하고 자신에게조차 자신의 기분을 마구 표출하는 것도 싫었고, 그래봐야 한 줌 거리도 안 되는 노인네를 상대로 겁박까지 한 자신의 모습도 역겨워 병호는 바로 집으로 가기 위해 차에 오르며 수행 중인 비서실장 오경석을 불렀다.

　"비서실장."

　"네, 각하."

　급히 다가와 고개를 조아리는 오경석을 지그시 바라보던 병호가 곧장 지시를 내렸다.

　"총무처에 이야기해서 신임 황제의 취임을 경축하는 의미에서 전 유생을 상대로 옛 방식에 의한 과거를 이번에 한해 한 번 실시하라고 통보하고, 내무부에는 전국을 대상으로 조선인에 한에 100세 이상의 노인이 얼마나 되는지 파악해 보고하도록 지시하시오."

　"알겠습니다, 각하."

　곧 그가 멀어지자 병호는 자신의 차에 올랐다. 그러자 양산된 포드 자동차 형태의 똑같은 차량 다섯 대가 일제히 움직이기 시작했다.

주지하다시피 나머지는 여타 비서 및 경호 요원들이 탑승
한 차량이다.

머지않아 병호가 자신의 집에 도착하자 멀리서 차 소리만
으로도 누가 오는지 안 장쇠가 대문가에서 기다리다 급히 병
호를 맞았다.

"나리, 무슨 일 있었습니까? 오늘은 일찍 퇴청하셨네요."

"음, 그런 일이 있었어."

말과 함께 병호가 앞장서서 집 안으로 들어가는데 장쇠가
뒤를 따르며 고했다.

"셋째 마님께서 여전히 차도가 없어 걱정입니다, 나리."

"흐흠! 아직도 그 상태인가?"

"네, 나리."

"가보세."

"네, 나리."

병호는 장쇠와 함께 후원으로 향했다. 그곳에는 독립 별당
을 짓고 가즈노미야 지카코(和宮親子) 일 황녀 혼자 살고 있는
공간이 있었다.

그곳에는 스스로 황녀라는 신분을 버리고 병호의 가정에
녹아들어 모든 하인들에게 셋째 마님이라 부르도록 종용하
며 은거하다시피 몸을 숨긴 애칭, 화궁 황녀가 외롭게 살아

가고 있었다.

그런 그녀의 나이 올해 벌써 19세.

자식이라도 있으면 덜 외로울 것이건만 아직도 둘 사이에는 자식 하나 없어 더 적적하게 살아가고 있는 그녀였다. 그런 그녀가 명절을 전후해 아프다고 하더니 여전히 낫지 않고 있는 모양이다.

양의의 진단으로는 향수병에 감기 몸살 기운이 겹쳤다고 했다.

병호가 후원으로 들어와 전면에 있는 지홍의 거처를 지나 연못 곁에 있는 별당 안에 들자 그곳에는 지홍과 일본에서 따라온 시녀가 함께 병간을 하고 있다 깜짝 놀라 일어났다. 화궁 또한 누워 있다 황급히 일어나려는 것을 병호가 제지하며 말했다.

"그냥 누워 있으시오."

"아니옵니다, 서방님."

이제 조선말을 누구보다 잘하는 화궁이었다. 당연히 역관으로 기용되어 병호와 잠자리를 함께한 역관 예령에게 열심히 배운 결과였다.

예령의 이야기가 나와 말이지만 지금 그녀는 이곳에 없었다. 고향에서 올라오길 거부하는 어머니를 모시고 그곳에서 함께 살고 있었다. 그녀 또한 아이가 없었다.

아무튼 병호가 지그시 누르기까지 해서야 다시 자리에 눕는 그녀를 보고 무어라 말을 하려는데 지홍이 먼저 재잘거렸다.

"오늘은 해가 서쪽에서 뜨겠네요. 술시(戌時: 밤 7~9시)도 되기 전에 퇴청하시다니요?"

"음, 기분이 좀 상하는 일이 있어서 모처럼 일찍 퇴근했소."

"무슨 일인데요?"

"그것이 중요한 것이 아니고……."

"쳇!"

사십이 넘어도 삐쳐 돌아앉는 지홍을 바라보며 슬그머니 웃음을 베어 문 병호가 황녀를 보고 말했다.

"어쩌면 1년 안에 일본에 한번 갈 기회가 있을 것 같소. 그때는 당신도 데리고 가리다."

"네?"

반색하며 상반신을 벌떡 일으켜 세우는 황녀를 보고 병호가 웃으며 물었다.

"환자 맞아?"

"일본에 갈 수 있다는 말을 들으니 싹 나은 기분이에요, 서방님!"

"그렇다면 다행이고."

가볍게 웃으며 답한 병호가 보다 구체적인 이야기를 했다.

"만약 대한제국과 일본 간에 합방 조약이 체결된다면 내 직접 일본으로 가서 천황과 함께 서명할 계획을 가지고 있소."

"두 나라가 한 나라가 된다고요?"

"그때 소첩도 동행시킨다고요?"

대화에서 알 수 있듯 먼저의 말은 지홍이 놀라 돌아앉으며 묻는 말이고, 후자는 나라야 어찌 되든 일본에 갈 수 있다는 꿈에 부풀어 확인 차 황녀가 묻는 말이었다.

"물론 데리고 갈 것이오."

"아이, 좋아라!"

어린애처럼 두 손을 번쩍 치켜들고 환호하던 황녀가 갑자기 시무룩해진 얼굴로 물었다.

"좀 전에 두 나라가 하나가 된다고 하셨어요?"

"그럴 계획이오."

"그럼 일본이 대한제국의 속국이 된다는 의미인가요?"

"문자 그대로 한 나라가 되는 것이오."

"그럼 오라버니는요?"

고메이 천황이 곧 그녀의 오빠이니 황실의 존치 유무를 묻는 것이다.

"황실은 그대로 존치될 것이오."

"그럼 한 나라가 아니잖아요?"

지흥의 물음에 병호가 답했다.

"대한제국은 연방국가요. 저 미국에도 땅이 있고 태평양 상, 또 파푸아뉴기니 등 동남에도 우리의 영토가 있소. 그 안에는 작은 왕국도 그대로 존치되어 있으니 하나 이상할 것 없소."

"황실이 그대로 보전될 수 있다니 그래도 안심이 되네요."

황녀의 말에 고개를 끄덕인 병호가 다시 한번 확인차 물었다.

"정말 다 나은 것이오?"

"이상하게 몸이 가볍네요."

"다행이오."

밖에서 장쇠의 목소리가 들려온 것은 이때였다.

"나리, 외무대신께서 찾아오셨는데요?"

"이상적이 왜?"

"모르겠사옵니다, 나리!"

"알았다. 내 곧 가마."

"네, 나리!"

장쇠의 답을 들으며 병호가 엉거주춤 일어서서 말했다.

"몸조리 잘하오."

"네, 서방님!"

황녀의 답을 들으며 병호가 등을 돌리는데 지흥의 말소리가 들려왔다.

"이젠 제 거처에는 발길을 끊으신 건가요?"

"그럴 리가 있나? 오늘 밤에 들를 것이니 목욕재계하고 기다리시오."

"정말이시죠, 서방님?"

모처럼 기분이 좋아 콧소리까지 내는 지홍을 돌아보며 병호가 확실히 답했다.

"물론이오."

"호호호! 기다릴게요!"

손을 흔들어준 병호는 곧 문을 닫고 그 방을 나왔다. 머지않아 자신의 거처로 돌아오니 이상적이 그를 기다리고 있었다.

그런데 푸석푸석한 게 그의 안색이 영 좋지 못했다. 이에 병호가 급히 물었다.

"어디 아프오?"

"요즘 계속해서 몸이 좋지 않습니다. 아무래도 갈 때가 다 된 모양입니다, 각하."

"아직 환갑도 안 된 분이 그런 말을 하면 어찌하오?"

"내년이면 저도 환갑입니다, 각하."

"아직 청춘인데 그러면 안 되지. 하지만 몸이 그렇다니 앞으로는 편치 않을 때는 휴가를 내도 좋소. 격동기에 그 많은 일을 감당하다 보니 심신이 많이 지쳐 있을 터, 당장 내일부터라도 열흘이고 보름이고 푹 쉬다 나오시오."

"고마운 말씀이나 차제에 아예 그만두었으면 하고 찾아 뵈온 것입니다, 각하. 중인으로 태어나 각하 같은 분을 만나 신분의 굴레를 벗은 것은 물론 각하의 은총을 입어 외무대신이라는 지고의 자리까지 올랐으니 더한 광영이 없는 데다 이제 몸이 어제 다르고 오늘 다르니 물러날 때가 아닌가 하옵니다, 각하."

"허허!"

크게 탄식한 병호가 잠시 생각에 잠겼다가 말했다.

"정 그렇다면 올 연말까지라도 근무해 주오. 하면 우리가 계획한 큰일이 대충 마무리될 것 같으니 말이오."

"허허! 각하의 말씀이 간곡하니 물러나기도 어렵고, 그렇게 하도록 하겠습니다."

"외무대신."

"네."

"오늘부터 무조건 10일을 집에서 쉬시오. 이는 총리로서의 명이니 꼭 지켜야 할 것이오."

"감읍하옵니다, 각하."

고개를 조아리는 그의 머리를 바라보니 어느덧 그의 머리에도 서리가 하얗게 내려앉아 있었다.

다음 날.

병호가 여느 날과 다름없이 10분 전 8시에 내각청사로 들어서는데 이상한 광경이 목격되었다. 경비병들이 한 노파를 질질 끌고 가는 것이다. 이상한 장면에 병호가 앞자리에 탑승한 경호실장 신용석을 불렀다.

"경호실장!"

"네, 각하!"

"어찌 된 일인지 알아보오."

"네, 각하!"

병호의 지시에 운전수가 잠시 차를 세우자 신용석에 차에서 내려 조금 전 노파를 끌고 간 경비병 쪽으로 향했다. 곧 차가 다시 출발하고 병호는 머지않아 청사 자신의 집무실로 출근했다.

병호가 곧 차를 마시며 여섯 명의 비서진과 함께 오늘 업무를 협의하는데 신용석이 들어와 보고했다.

"끌려간 노파는 전 전라감사 김시연(金始淵)의 모친이었습니다."

"그런데 어찌 일개 감사의 모친이 아침부터 이곳에 와 끌려가고 그러오?"

"알아보니 오늘만이 아니고 매일같이 각하를 만나게 해달라고 청원하며 아들의 구명 운동에 나선 모양입니다."

"구명운동?"

"제가 말씀드리겠습니다."

모처럼 입을 여는 유대치를 병호가 바라보니 그가 곧장 입을 떼었다.

"전 전라감사 김시연으로 말할 것 같으면 국고를 탐장(貪贓)한 죄로 대법원의 확정 판결로 북방에 유배되었음은 물론 자자형(刺字刑)까지 받았습니다."

"아, 그런 일이 있었지. 간도 크게 봄에 출급(出給)하지 않은 환곡(還穀) 1만 6,042석(石)을 착복한 죄로 한동안 신문을 떠들썩하게 한 자 아닌가?"

"맞습니다."

"그런데 그게 그 모친과 무슨 상관인가?"

"우리 아들은 그럴 사람이 아니라고 그 모친이 매일 아침이면 출근하다시피 해 각하와의 면담을 요구하는 것은 물론 밤낮으로 울고 불어 이제는 앞을 보지 못하는 지경까지 이르렀다합니다, 각하."

"허허! 하면 그 노파가 장님이었단 말인가?"

"그렇습니다, 각하."

"가만, 그가 받은 형이 뭐라고?"

"저 시베리아 최북단의 도시로 유배형에 처해진 것은 물론 자자형에 처해졌습니다, 각하."

여기서 자자형(刺字刑)이라는 것은 경형(黥刑), 또는 묵형(墨刑)이라고도 불리며, 대개 도둑질한 자들에게 가하던 형벌로 얼굴이나 팔뚝에 죄명을 새겨 넣는 형벌이었다. '경을 칠 놈'이라는 욕은 바로 여기서 유래된 것으로, 죄를 지어 평생 얼굴에 문신을 새긴 채 살아갈 놈이라는 저주를 퍼붓는 말이다.

"아직도 자자형이 있다니……."

병호의 개탄에 오경석이 답했다.

"경국대전을 모법으로 하다 보니 그렇습니다."

"좋소, 감사원장 좀 불러오오!"

"네, 각하."

비서 박제경이 밖으로 걸어나가는 것을 바라보며 병호가 비서들을 향해 질문을 던졌다.

"유배형이란 말을 들으니 생각나는 것이 있는데, 전임 황제의 병을 고치지 못했다고 유배형 운운하던 전 다섯 명의 어의에 대한 판결은 어찌 되었지?"

너무 뜬금없는 질문이었는지 아는 사람이 없어 서로의 얼굴만 바라보는 다섯 명의 비서들이다. 이에 유숙이 재빨리 말했다.

"한번 알아보도록 하겠습니다, 각하."

"그럴 것 없어. 감사원장에게 물어보면 되겠지. 가만……."

또 무슨 생각이 들었는지 잠시 생각에 잠겨 있던 병호가 곧 혼잣말처럼 말했다.

"정부 조직법도 일부 개정해야겠어. 이제 민도가 많이 높아졌으니 대법원을 감사원 산하에 두는 것은 옳지 않단 말이지. 자, 특별한 안건 없으면 이만 파하자고."

"네, 각하."

곧 다섯 명의 비서가 썰물 빠지듯 집무실을 물러났다. 그로부터 약 반 시진이 지나자 감사원장 최익현이 들어왔다. 전임 감사원장 박회수가 2년 전에 타계한 바람에 성정이 대쪽 같은 최익현을 그 자리에 보임시킨 결과이다.

참고로 그가 맡고 있던 총무처는 호남의 명사 이진상(李震相)을 임명했다.

이 사람 또한 올곧은 사람이라 몇 번을 사양하는 것을 삼고초려 끝에 모신 대유(大儒)였다.

"부르셨습니까, 각하?"

"거기 앉아요."

"네."

최익현이 자리를 잡자마자 병호가 불쑥 물었다.

"혹시 김시연의 모친 건에 대해 알고 있소?"

"들어 알고 있으나 사사로이 형벌을 감형할 수는 없음입니다, 각하."

그의 성정대로 나오는 말에 병호가 쓴웃음을 지으며 말했다.

"비록 그가 범장죄(犯贓罪)라는 도둑질과 나라를 저버리는 행위를 했지만 장님이 되기까지 하며 구명 운동을 전개하는 어미를 생각한다면 잠시 방축향리하여 어미와 아들이 서로 만나볼 수 있도록 할 수는 있지 않겠소? 내가 볼 때 그 모친도 살날이 얼마 안 남은 것 같은데."

"법을 온정주의로 운용하면 나라의 근본이 서질 않습니다. 허나 각하께서 그렇게 간곡하게 말씀하시고 모자의 사정이 딱하니 오고 가는 시간을 감안하여 삼 개월 동안 임시 방면하여 자식의 도리를 다하도록 하겠습니다, 각하."

"고맙소. 그러고 보니 인정과 눈물이 아예 없는 사람은 아니군."

병호의 말에 이번에는 최익현이 쓴웃음을 지었다. 그런 그를 보며 느긋한 미소를 베어 문 병호가 물었다.

"선황의 병을 고치지 못했다는 죄명으로 재판에 회부된 다섯 어의는 어찌 되었소?"

"아직 확정 판결이 나지는 않았으나, 김홍남(金鴻男), 팽계술(彭繼述), 정재원(鄭在元), 이진하(李鎭夏), 김진(金瑨) 모두 가까운 곳으로 유배형에 처해지지 않을까 판단하고 있습니다, 각하."

깐깐한 그답게 다섯 어의의 이름까지 일일이 거명하며 말하는 그를 보고 병호가 빙긋 웃으며 말했다.

"내가 볼 때 황실의 법도 중 우스운 것 하나가 선황이 붕어하면 꼭 그를 진료한 어의들이 모두 유배형에 처해졌단 말이지. 내가 볼 때 이는 좀 잘못된 것 같소. 그들도 신이 아닌 이상에야 분명 못 고치는 병도 있을 것인데, 붕어만 하면 일괄 유배형에 처하는 것 또한 어폐가 있는 것 아니오?"

"저도 그런 생각이 듭니다만, 이는 죄라기보다 정치적 사안이니 황상의 사면이 있어야만 죄를 면할 수 있습니다, 각하."

"그들을 사면하라면 선황을 잃은 태황태후로서는 펄펄 뛰겠군."

"아마도 그럴 것입니다."

"그런데 말이야."

"말씀하시죠, 각하."

"이제 우리 관료들의 수준도 높아졌으니 대법원 이하 사법부는 별도로 독립시키고, 감사원은 오로지 내각의 감사만 전념케 하려는데 면암의 생각은 어떠신가?"

"일리 있는 말씀입니다, 각하."

"자신의 권력을 일부 손에서 놓는 것인데 서운하지 않은가?"

"어찌 공무에 사적인 감정을 개입시킬 수 있습니까?"

"하하하! 좋았어! 역시 내가 사람을 잘못 보지는 않았군."

자화자찬한 병호가 웃으며 최익현에게 물었다.

"우리 오늘 모처럼 퇴근하고 한잔할까?"

"제 업무가 내각을 감시하는 것인지라 제 직을 물러나면 제일 먼저 제가 각하를 모시겠습니다."

"젠장, 융통성 좀 발휘하는 것 같더니 도로 원위치가 된 느낌이군."

"다른 볼일이 없다면 이만 물러가겠습니다, 각하."

"알겠소. 그리하오."

"네, 각하."

곧 목례를 건넨 최익현이 빠른 걸음으로 집무실을 벗어났다.

최익현이 물러가는 것을 쓴웃음으로 바라보던 병호는 곧 비서 김병주를 불러 정부조직법 중 대법원을 감사원에서 독립시키는 안, 그리고 한 달에 두 번 쉬게 되어 있는 공무원법을 바꾸어 매주 일요일마다 쉬게끔 그 법을 바꾸라는 내용을 가지고 초안을 잡으라고 지시했다.

이때는 기술한 바와 같이 양력과 음력을 병행하고 있어 요일도 지정되어 있는 것은 물론 음양력 혼합 달력도 시중에 배포되고 있는 상태였다.

그래도 오랜 전통 때문에 내각부터 음력을 기준으로 모든 것을 행하고 있었다.

아무튼 이날 저녁 병호는 러시아 대사 푸탸틴과 함께 모처럼 명월관을 찾았다. 병호의 지시가 있었음에도 불구하고 오늘 낮에도 면담을 요청하며 찾아온 푸탸틴을 자신이 직접 달래기 위한 술자리였다.

둘이 대좌해 30분 이상이 지나자 얼굴이 붉게 상기된 푸탸틴이 아니나 다를까 본 용건을 제기했다.

"각하, 황녀와……."

그가 황녀를 들먹이자마자 손을 저어 만류한 병호가 말했다.

"그 이야기라면 하지 마오. 그럴 생각이었으면 벌써 대사와의 면담도 했을 것이오."

"그게 아니오라 각하께서 황녀를 취하심이……."

"후후후! 이제 열두 살 코흘리개를?"

"몇 년 안이면 성인이 되지 않겠습니까?"

"국혼이 정해지면 예정대로 황녀를 황상의 측실로 들이는 것으로 합시다."

"측실이라니요?"

"그럼 이국녀를 황후로 앉히란 말이오?"

"가만!"

손을 저어 더 이상의 말을 만류한 병호가 배석해 통역하고 있는 오경석을 향해 말했다.

"퇴근 후에도 이렇게 수고하는 자네의 고생을 내 모르는 것은 아니나 할 말은 똑바로 전해야 할 것 아닌가?"

"굳이 외국 대사에게 우리의 속내까지 알려줄 필요까지 있습니까, 각하?"

"하긴 그러네만. 음……."

"아국의 황녀와 각하와 맺어진다면 양국의 우의가 더욱 돈독해지지 않겠습니까, 각하?"

"그 문제는 그만 거론합시다. 약속대로 조선 황후가 선발되면 그때 가서 동시에 황녀와 혼례를 행하되 지위는 아마도 비(妃)가 되지 않을까 생각하오."

"비?"

"황후 바로 다음 자리요."

"쩝!"

술이 확 깨는 듯 입맛을 다신 푸탸틴이 급히 술잔을 들더니 술을 따르려는 기생의 손을 뿌리치고 스스로 자신의 술잔에 술을 따랐다.

*　　　*　　　*

저녁 9시가 되어 병호가 집으로 퇴근하니 기다리고 있던 장쇠가 조심스럽게 말을 꺼냈다.

"정부인 마님께서 퇴근하는 대로 들려달라는 말을 몸종 편에 전하셨습니다, 나리."

술에 장사 없다고 계속 마신 술에 많이 취한 병호가 비틀거리며 물었다.

"왜? 어제 지홍에게 들렀다는 말을 듣고 투기라도 하는 것인가 묻지 그랬어?"

"감히 소인 주제에 그런 말을 어찌 묻습니까, 나리."

"하긴 그렇다마는… 알았다."

"진지는 드셨습니까, 나리?"

"음, 먹었으니 걱정 말고 그만 가서 쉬어."

"소인 걱정은 마시고, 방으로 드시겠습니까, 나리?"

"아니야. 자네 말대로 정부인 마님이 부르면 가봐야지."

술이 많이 취한 병호가 다시 비틀거리자 장쇠가 급히 부축하며 말했다.

"나리, 속상한 일이라도 있었습니까?"

"암, 있었지."

무슨 일이냐고 물을 주제가 못 되는 장쇠가 가만히 있자 병호가 곧장 답했다.

"러시아 황녀를 취하라는 제의를 거절하고 왔거든. 너도 사내이니 알 것 아니냐? 열 여자 마다하는 놈 봤냐고? 엉? 그런데 여기 있단 말씀이지. 그런데 뭐? 일국의 황녀까지 거절하고 온 나에게 투기를 해?"

"역시 나리는 대단하십니다."

"그치? 일국의 황녀도 거절하고 온 나에게, 뭐?"

횡설수설하다 보니 어느덧 부인 순영의 거처 앞이었다.

그런데 병호의 말소리를 들었음인지 순영이 나와 조용히 서 있다가 반박을 했다.

"소첩이 언제 투기하는 것을 보신 적 있습니까?"

"그런데 왜 안 하던 짓을 하고 그러오?"

"서방님을 오늘 저녁 모신 것은 다름 아니라 오 일 후면 친정 아비의 칠순인데 아무 말씀도 아니 하시니 소첩이 답답해서 청했습니다."

"허허, 그런가? 난 그것도 모르고. 그나저나 장인어른이 벌써 칠순을 맞았단 말이지?"

"그렇사옵니다, 서방님."

"그렇다면 열 일 제쳐놓고 내려가야지. 처음에 사업 기반을 잡게 만든 것도 장인어른인데 사람이 그 은혜를 모르면 짐승과 뭐가 달라?"

"그렇게 말씀하시니 소첩 마음이 놓입니다. 그간 소원하게 지내시기에……."

"그건 내 고의가 아니라고. 원체 정무에 바쁘다 보니……."

"이해합니다. 하고 소첩이 드릴 말씀은 다 드렸으니 이제……."

"가도 된단 말이지?"

"네."

"그럼 당신이 서운할 것 아니오?"

"……."

말이 없는 순영을 향해 병호가 자신의 가슴을 쾅쾅 치며 말했다.

"오늘 밤은 당신과 함께 자지. 왜냐? 누가 뭐래도 당신이 나의 영원한 조강지처이니까."

"고맙습니다, 서방님!"

모처럼 서방의 따뜻한 말에 순영의 눈에 눈물이 핑 도는데 이를 확 깨게 하는 병호의 물음이 이어졌다.

"우리가 술지게미를 언제 같이 먹은 적이 있던가?"

"네?"

"그게 아니면 당신은 조강지처가 아닌데?"

"뭐라고요?"

"하하하! 농담이여요, 농담! 누가 뭐래도 이 김병호의 조강지처는 당신이지. 됐소? 그렇다면 볼에 뽀뽀 한 번?"

"정말 오늘은 약주가 너무 과하신 것 같사옵니다. 평소 안

하던 행실만 하시니……."

"내가 언제 당신과 뽀뽀를 안 했소?"

"몰라욧! 아랫것들 다 듣는데……."

순영 역시 벌써 마흔 고개를 넘었으나 병호의 말에 얼굴을 붉히며 자신의 방으로 달려갔다.

그런 그녀를 의미심장하게 바라보던 병호가 대청마루에 오르니 장쇠가 그의 신발을 가지런히 놓았다.

그리고 충직하게 지키고 서 있다. 그런 그가 하늘을 올려다보았다.

하늘에는 열이틀 보름달이 다 된 둥근달이 떠올라 온 누리를 금빛으로 물들이고 있었다. 별도 바람에 스치운다. 차가운 겨울바람이.

그로부터 4일 후.

오늘은 토요일이다.

그러나 토요일이라고 해서 오전 근무만 하는 것이 아니었다.

일요일마다 쉬게 되는 것도 관료 사회에서는 감사하게 생각하고 있는 세태였다.

그렇지만 병호는 오전 근무만 하고 한양역으로 나가 열차를 탔다. 그리고 4시간 후 은진에서 논산(論山)으로 지명이 바뀐 논산역에 내리니 짧은 겨울 해가 벌써 서쪽 하늘에 걸려 있었다.

병호는 내리자마자 대기 중인 다섯 대의 자동차 중 가운데 것에 탔다. 이는 경호 조를 둘로 나누어 한 조가 가족을 태우고 미리 내려와 대기하고 있었기에 가능한 일이었다. 아무튼 2조 조장으로서 앞좌석에 앉은 강철중을 향해 병호가 말했다.

"이곳에 오니 당신들이 창포검을 휴대하고 나를 호위하던 시절이 생각나는군."

"벌써 25년이 지난 일이죠."

"세월만큼 빠른 것이 없는 것 같아."

"동감입니다, 각하."

이렇게 두 사람이 얼마간의 대화를 나누자 자동차가 신작로 위를 빠른 속도로 내달리고 있다. 그것을 방증하는 것이 빠르게 스쳐 지나가는 양버들이었다. 구주백양(歐州白楊), 또는 포플러라고 부르는, 서양에서 들여와 육종연구소에서 개량한 나무이다.

특히 내한성이 강해 전국 어디서나 잘 자라고 하천 유역 및 논, 밭둑에 많이 식재되어 있었다.

대기오염에 견디는 힘이 강해 전국 어디나 이 품종이 가로수로 조성되어 있었다.

이 나무의 목재는 재질이 부드럽고 연하여 상자를 만들거나 성냥, 젓가락, 펄프재로 이용되고 있어 버릴 것이 하나도 없었다.

아무튼 병호는 시원하게 뚫린 2차선 신작로를 바라보며 옆에 탑승한 비서실장 오경석에게 물었다.

"전국 어디나 군 단위까지 이렇게 도로가 잘 뚫려 있는 것은 아니겠지?"

"군 단위까지 신작로가 새로 난 것은 맞으나 대부분이 1차선입니다, 각하."

"그러니까 이 군은 내 고향이라고 특별이 2차선으로 뚫는 등 알아서 기었단 말이군."

"그것이 관리들의 속성 아니겠습니까?"

"하긴……."

병호가 고개를 끄덕이는데 앞좌석의 강철중이 병호에게 질문을 던졌다.

"각하, 어머님도 환갑 가까이 되지 않으셨습니까?"

"음……."

자신의 나이를 기준으로 헤아려 보던 병호가 답했다.

"금년 59세이니 내후년이면 어머님도 환갑이시네."

"지난번 언젠가 보니 그 곱던 얼굴도 이젠 많이 늙으셨더군요."

"세월에 장사 없지."

덧없는 세월을 탓하며 계속 담소를 이어나가는 가운데 차는 어느덧 성동 마을에 들어서고 있었다.

서산이 길게 드리운 낙조로 월명산 기슭의 잔설마저도 황금빛으로 빛나는 마을. 그 마을 중에서도 천석꾼의 집을 가리키며 병호가 말했다.

"저 집을 보게."

"드물게 보는 으리으리한 기와집이군요."

강철중의 말에 병호가 지적했다.

"아, 내 말은 그 집 앞에 세워놓은 자전거를 보란 말일세."

"자전거 있다고 자랑이라도 하려는 모양이군요."

"그런 모양인데, 이는 아직도 자전거가 많이 보급되지 못했다는 방증 아닌가?"

"10냥씩이나 하니 아직은 고가의 물건이라 동네에 하나 있을까 말까 합죠."

"리어카도 아직은 많이 보급되지 못했겠군."

"동네에 한 개 내지 두 개 정도 보급되어 그것을 서로 빌려주고 그러는 모양입니다, 각하."

오경석의 답에 병호가 고개를 끄덕이며 말했다.

"그러나저러나 우리 집은 여전하군. 변한 게 없어."

"아드님이 일국의 총리요, 최고 갑부의 한 사람인데도 너무 검소하게 사시는 것 같습니다, 각하."

"자네 말 그대로야. 가난한 시절을 생각하시고 지금도 한 푼 허투루 쓰는 법이 없는 분이 어머니셔."

"그런 성정이시니 아직도 절개를 지키고 계신지도 모르죠."

"휴! 어떻게 보면 매우 답답한 분이시지."

병호가 말을 하는 동안 차가 동네 공터에 멎었다.

마을 길이 좁아 집까지는 더 이상 갈 수 없어 병호가 차에서 내리니 동네의 몇몇 노인이 곰방대를 물고 나와 서 있고, 아이들 또한 대거 몰려나와 신기한 듯 차를 에워싸 구경하고 있다.

"저리 가! 저리 안 가!"

곧 경호원들이 아이들을 쫓았다. 이를 보고 병호가 말했다.

"내버려 두시게."

"네, 각하."

"안녕하세요, 어르신들?"

"아, 이리 황망할 데가! 우리 촌무지렁이들이 먼저 총리님께 인사를 올려야 하는디……."

"무슨 말을 그렇게 하세요? 다들 건강하시죠?"

"암요. 자당님께서 동네일에 얼마나 신경을 써주시고 수시로 술잔이라도 돌리시니 그 재미에 억울해서라도 일찍 못 죽겠소이다."

"하하하! 어머니께 그런 면모가 있습니까?"

"아, 그렇다마다요. 없이 살 때 많은 은혜를 입었다고 요즈음은 사람들에게 많이 베풀어주시죠."

"저기 어머님이 나와 기다리십니다, 각하."

오경석의 말에 자신의 집이 있는 쪽을 바라보니 어머니가 길가에 나와 자신을 기다리고 있는 것이 보였다. 자동차 소리를 듣고 나오신 모양이다.

"그럼……."

"아이고, 이렇게 황망할 데가!"

인사는 다 받으면서도 뒤늦게 어쩌고저쩌고 하는 마을의 노인들이다.

병호가 집을 향해 걸어가자 어머니와 어머니를 모시고 사는 전 역관 예령도 나와 병호 쪽으로 걸어오고 있었다.

"어머니!"

"그래, 내일이 장인 칠순이라고 내려온 것이냐?"

"네, 어머니."

"조금 일찍 내려오지 않고?"

"왜요? 무슨 좋은 일이라도 있습니까?"

"오늘 바로 또 처갓집으로 갈 것 아니냐?"

"밤늦게 가면 되죠. 어머니 모시고."

"나야 상관없다만 하루라도 먼저 내려와 매일 독수공방하는 며느리와 하룻밤 자는 것이 서방의 도리 아니겠니?"

"공인이다 보니 아무리 높은 지위에 있어도 함부로 할 수 없습니다, 어머니."

"쯧쯧, 생각하는 거 하고는. 그럼 토요일 늦게라도 가끔 내려와야 할 것 아니냐? 내 생각해서 하는 말이 아니고……."

"무슨 말인지 잘 압니다, 어머니. 그러니 그만하세요."

둘이 이야기를 하다 보니 어느덧 마당을 지나 대청에 이르게 되었다.

곧 모자가 신발을 벗고 대청에 오르는데 그때까지 다소곳이 따르며 목례를 건넨 것이 전부인 예령이 누가 뭐라 하지 않아도 신발 코가 앞으로 가도록 가지런히 놓고 뒤늦게 대청에 올랐다.

방 안으로 들어온 어머니가 물으셨다.

"저녁은?"

"아직 전입니다, 어머니."

"내려온 손(일행)이 도대체 몇 명이냐?"

"음! 비서들까지 족히 20명은 될걸요."

"아이고, 잔치하게 생겼다."

"하하하! 정 뭣하면 라면이나 국수 한 그릇씩 안겨주면 됩니다, 어머니."

"정말 그래야 할까 보다. 언제 밥을 해서 먹이누? 네가 나가
봐라."

"네, 어머니."

어머니의 말에 예령이 급히 자리에서 일어나 문을 열고 나
갔다.

그녀가 나가자 어머니가 예령의 칭찬에 입안의 침이 말랐
다.

"얼굴도 얼굴이지만 성격이 수더분하고 참으로 지성으로
나를 모시니 저만한 며느리도 없다. 단지 애가 없는 것이 흠
이다만, 그건 저 아이 잘못이 아니라 네놈이… 휴우! 하늘을
봐야 별을 따지."

끝내는 아들에게 '놈' 소리까지 해가며 예령의 편을 드는 어
머니의 말이 귀에 거슬리는지 병호는 귀를 파며 딴청을 피우
고 있었다.

이를 본 어머니의 호통이 떨어졌다.

"너, 지금 뭐 하고 있는 게냐?"

"아, 아무것도 아닙니다, 어머니!"

"내 말이 듣기 싫은 게냐?"

"그, 그럴 리가요?"

"네 얼굴에 그렇게 쓰여 있는데도? 이 어미 눈은 못 속여.

다른 사람은 다 속일지 몰라도."

"어머니, 저도 얼마 안 있으면 사십 줄입니다. 그런데 아이 혼내듯……."

"내 눈에는 아직 물가에 내놓은 어린애 같아!"

'젠장!'

내심 투덜거리는데 예령이 개다리소반에 무언가를 들고 들어왔다.

"그게 뭐요?"

"약주입니다."

"술?"

"네."

"어디서 난 건데?"

"집에서 담갔습니다."

"뭐라고? 전국적으로 밀주와 담배를 단속하고 있는데 본은 못 보일망정 우리 집에서 그래서야 쓰겠소?"

"말이 나왔으니 말이다만 그놈의 밀주 단속과 담배 단속 좀 안 할 수 없니?"

"그건 또 무슨 말씀이세요?"

"우리 동네는 그래도 네 고향이라고 그런 일이 없다만 이웃 동네만 해도 수시로 순경인지 뭔지가 나타나 툭하면 광과 헛간은 물론 땅속까지 이리저리 들쑤시고 다녀. 그러니 그 원망이……."

"나라의 살림을 위해서는 어쩔 수 없는 일입니다, 어머니."

"그렇다고 누가 비싼 도가 술 사 먹는다디? 다 몰래 밀주 담가 먹지."

"그래도 양조장 망하는 곳 하나도 없습니다, 어머니."

"그야 모내기 철이나 바쁜 철, 또 잔치같이 술이 대량으로 필요할 때나 사 먹으니 그런 모양이지만, 담배만 해도 그렇다. 담배농사 짓는 집에서 말리다 태우거나 애초부터 시원찮은 놈을 뒷구멍으로 돈 찔러주고 사서 피우는 놈마저 단속을 해대니 백성들의 원망이 이만저만이 아냐. 내 너를 보면 그 이야기를 하려다 매번 잊어버렸다만, 아니라도 이번에는 작심하고 있었다. 네가 내려오면 얘기하려고."

마치 6.25 때의 따발총처럼 쏟아지는 어머니 말에 병호가 귀가 멍멍한지 귀를 파고 있는데 어머니의 호통이 이번에는 애먼 예령에게 떨어졌다.

"들여왔으면 내려놓지 왜 그러고 서 있어?"

"네, 어머님."

"허허, 거참……."

마실 수도, 그렇다고 내보기도 애매한 상황에 병호가 헛웃음을 짓고 있는데 어머니가 한 술 더 뜨고 계신다.

"어디 오늘 며느리가 따라주는 술 한잔 받아보자."

"어머니도 약주 드세요?"

"그럼 이 나이에 술도 못하니?"

"그런 이야기가 아니라……."

"동네 사람들과 어울려 한 잔씩 마시다 보니 이젠 나도 많이 늘었다."

"허허, 거참……."

"어미가 술 마시는 게 싫으냐?"

"그럴 리가요?"

"그럼 너도 다가와 앉아."

"네, 어머니."

이 지경이 되자 어쩔 수 없이 병호가 주안상 앞에 다가앉자, 예령이 어머니에 이어 병호의 잔에도 술을 넉넉히 따랐다. 이를 본 어머니가 잔잔하게 웃으시며 말했다.

"얼른 마시고 며느리도 한 잔 따라줘."

"어머니, 저는……."

사양하는 며느리를 향해 다시 한번 어머니의 호통이 떨어졌다.

"마셔! 그리고 저녁이고 뭐고 둘이 일찍 네 방으로 건너가! 호호호!"

짓궂은 시어머니의 말과 웃음에 예령의 얼굴이 갑자기 붉게 달아오르고 병호 또한 어색한지 헛기침으로 이를 모면하려 애썼다. 이렇게 시작된 술이 몇 순배 돌자 병호와 예령은 어머니에 의해 강제로 그 방에서 쫓겨나 그녀의 방에 들게 되었다.

둘만 있게 되자 어색한지 부끄러운지 홍당무가 된 예령이 고개를 푹 숙이고 있는 가운데 병호가 입을 떼었다.

"그동안 까다로운 시어머니 모시고 사느라 고생이 많았소."

"천첩이 의당 할 일이었습니다."

여전히 고개를 푹 숙인 채 모기만 한 소리로 작게 답하는 예령을 지그시 바라보던 병호가 거두절미하고 물었다.

"당신도 애를 원하오?"

"하나 있으면 적적하지는 않을 것 같사옵니다."

"그럼 어서 이불 펴시오."

"어머! 초저녁부터……."

"아니면 시간이 없소."

"오늘 강경으로 건너가시게요?"

"집 안으로 들어오며 어머니와 내가 나눈 이야기 못 들었소?"

"아, 아닙니다. 들었습니다."

"그럼 어서 이불 펴지 뭣 하고 있소?"

"네, 서방님."

만나 처음으로 서방이라 부르며 병호의 기분이 상하지 않았는지 살피느라 예령이 곁눈질을 했다.

병호에게는 이 모습이 왠지 씁쓸하면서도 애잔하게 다가왔다.

*   *   *

얼마간의 시간이 지난 후, 병호가 예령에게 물었다.

"당신도 같이 가지 그러오?"

"아, 아닙니다. 천첩은 집을 지키고 있겠습니다."

"누가 집 안 떠메고 가오."

"그래도 천첩은 집에 남아 있겠습니다. 어머님 모시고 잘 다녀오세요."

"할 수 없지. 그럼 집 잘 지키고 계시오.'

"네, 서방님."

또 한 번 서방님이라 부르고 병호를 곁눈질하는 예령의 입가에는 만족한 웃음과 함께 부끄러움도 내재되어 있었다.

의관을 정제한 병호는 곧 안방으로 들어가 어머니를 모시고 나와 대청마루에 섰다.

그러자 경호원들도 눈치를 채고 출발 준비로 부산하게 움직이기 시작했다. 그런 그들을 보고 병호가 큰 소리로 물었다.

"저녁들은 먹었소?"

"네, 각하!"

"불어터진 국수라 미안하오. 하지만 잔칫집에 도착하면 한 상 거하게 대접하라고 할 테니 너무 서운해 마오."

"맛있게 잘 먹었으니 신경 쓰지 않으셔도 됩니다, 각하!"

대표로 답하는 경호실장 신용석을 바라보며 병호가 고개를 끄덕이는데 강철중이 집 밖에서 들어오며 말했다.

"준비되었습니다, 각하!"

"그럼 가볼까? 지금 몇 시야?"

말을 하며 병호는 누가 답할 새도 없이 자신의 품에서 회중시계를 꺼내 보니 막 9시를 넘어서고 있었다.

이렇게 병호가 지체하는 사이 한복을 곱게 차려입으신 어머니는 벌써 하얀 고무신을 다 신고 기다리고 계셨다. 이에 병호도 성큼 마루에서 내려와 구두를 신고 어머니를 부축해 세 개의 돌계단을 내려와 마당가에 섰다.

벌써 대부분의 집이 불이 꺼진 가운데 병호는 마을길을 걸어 엔진 소리만 요란한 차에 올랐다. 물론 어머니부터 자신이 타는 차에 모신 후였다.

이렇게 성동 마을을 출발한 다섯 대의 자동차는 어느덧 동산 위에 둥실 떠 있는 보름달빛 속을 질주해 빠른 속도로 강경으로 향하고 있었다.

쏟아지는 달빛 속에 지금은 사라진 원목 다리를 지나 강경천에 새로 놓인 시멘트 다리를 지나니 곧 강경 읍내였다. 강경 읍내 또한 몰라보게 변모한 속에 병호의 덕을 보아 넓게 뚫린 2차선 도로를 달려 도착한 곳은 아직도 웃음소리가 왁자하게 쏟아지는 장인 박춘보의 집이었다.

끊어진 웃음소리 사이로 자동차 다섯 대가 토하는 거친 엔진 소리를 들었는지 집 안이 부산해졌다. 곧 문가에 낯익은 얼굴들이 하나둘 나타났다.

이제 70세가 되어 머리가 백발이 된 장인을 비롯해 지금은 모두 고관 내지 최고 부호의 반열에 오른 이파, 구장복, 홍순겸 등의 면면이 등장한 것이다.

"어서 오세요, 각하!"

"사돈어른은?"

병호가 먼저 내려 어머니를 기다리는 동안, 딱 두 명뿐인 여경호원이 어머니를 부축해 내리는 사이를 못 참아 박춘보가 묻는데 어머니의 하얀 고무신이 보였다.

"강녕하셨습니까? 장인어른!"

"엉, 나야 잘 지내고 있지."

시선은 차에서 내리는 어머니를 향한 채 얼결에 답하는 장인을 보고 병호 또한 그 너머의 홍순겸을 향해 인사를 나누었다.

"시베리아 횡단 철도는 어디까지 공정이 진행되었지?"

"오늘 같은 날도 업무 진척 상황을 보고 받아야 속이 시원하시겠습니까, 각하?"

조선소 사장을 거쳐 철도철장 지위에 오른 홍순겸이 농을 건네자 병호 또한 농으로 답했다.

"자나 깨나 일로매진 국토 건설!"

"하하하!"

이때였다. 문가에 또 한 무리가 나타났다. 장모를 비롯한 딸 순영과 병호의 두 부인이었다. 즉, 지홍과 일황녀였다.

"강녕하셨습니까, 장모님?"

"사위 덕에 두루 편안하네."

"별말씀을."

겸양하는데 다가온 순영과 장모의 말이 동시에 토해졌다.

"저녁은요?"

"잘 지내셨어요, 사돈어른?"

"아직."

"네?"

"덕분에 잘 지냈습니다."

"일단 들어가십시다."

어머니의 대답에 이어 장인이 안으로 들길 재촉하는 바람에 병호 또한 순영과 뒤처져 나란히 걸으며 대화를 나누었다.

"아직도 저녁을 못 드셨다고요?"

"이곳에 오면 먹을 것이 많을 것 같아 오늘 하루 종일 굶었소."

"설마?"

농담인 줄 알면서도 혹시나 해서 병호의 얼굴을 세밀하게 살피는 순영이다.

"사람이 많다 보니 모두 국수로 저녁을 때웠소. 그러니 모두 거하게 한 상 차려주었으면 좋겠소."

"농담이 아니시군요?"

"그렇소."

"아이들은?"

"저희들끼리 노느라 정신이 없어요."

"아비가 왔는데 나와보지도 않는단 말이오?"

"내버려 두세요. 오늘 같은 날이나 좀 친척 아이들과 놀게."

"험험!"

병호가 헛기침을 하는데 슬슬 걸음의 속도를 늦춰 병호 옆에 선 지홍이 느닷없이 팔짱을 끼며 말했다.

"어머니도 이젠 많이 늙으셨네요."

"인사는 했소?"

"당연하죠."

"화궁은?"

"그녀도요."

이렇게 이야기를 나누다 보니 어느덧 장인이 거처하고 있는 사랑채에 도착했다. 이에 병호가 말했다.

"당신들은 안으로 들어가 보오. 나는 장인어른과 나눌 이야기가 있소."

"무슨 나눌 이야기? 술타령이겠지."

"알면서도 때로 입 밖에 올리지 않을 말도 있는 것이오. 그놈의 입바른 소리는 어디가도 변함이 없군."

병호의 지청구에 지홍의 입이 댓 발 나왔다.

그러거나 말거나 이를 무시하고 병호는 그대로 장인의 방으로 문을 열고 들어갔다.

그러자 지홍의 냉랭한 콧방귀 소리가 등 뒤에서 들려왔다.

"흥!"

어쨌거나 병호의 등장에 미리 들어와 앉아 있던 이파, 구장복, 홍순겸 등이 일제히 일어나 맞았다. 장인만이 아랫목에 의젓하게 자리를 잡고 있을 뿐이다.

"절 받으십시오, 장인어른."

"새삼스럽게 무슨… 보는 게 인사지."

그냥 하는 소리라는 것을 잘 알고 있는 병호가 얼른 큰절을 올렸다.

"백수 하십시오, 장인어른!"

"아니더라도 그럴 참일세."

"하하하!"

모든 실내의 인물들이 대소를 터뜨리는 가운데 병호는 무릎을 꿇고 앉아 새삼스러운 눈으로 장인을 바라보았다.

머리는 이미 백발인 데다 이마저 듬성듬성 빠져 있었고 볼은 홀쭉했다.

"왜, 내 얼굴에 뭐라도 묻었나?"

"그게 아니라 장인어른과 저잣거리를 쏘다닐 때가 엊그제 같은데 벌써 이렇게 되었군요."

"인생무상(人生無常)이라, 덧없는 것이 인생 아니던가?"

답하는 박춘보의 눈에 아련한 그리움과 회한의 그림자가 일렁였다. 그런 그를 보고 병호가 물었다.

"장인어른께서도 후회되는 일이 있으십니까?"

"자네를 만난 덕에 대한제국의 열 손가락 안에 드는 갑부가 되었네만, 그렇다고 나라고 후회되는 점이 없겠는가?"

"그게 무엇입니까?"

"오늘 같은 날 꼭 내 입에서 그런 말을 들어야겠는가?"

"이 나이가 되어도 이렇게 눈치가 없으니 원……."

"하하하!"

이때 방문이 열리며 하녀들이 줄줄이 음식상을 들고 들어

왔다.

곧 자리에서 벌떡 일어난 홍순겸이 구석에 있던 교자상을 폈다.

그러자 그 교자상으로 수많은 안주와 함께 놋쇠에 담긴 고봉밥도 한 그릇 올라왔다. 소고기 미역국과 함께. 이를 본 장인이 물었다.

"자네, 저녁 식사도 안 했나?"

"안 했지만, 술이면 되는데……."

"그렇지. 내 자네 술버릇을 잘 알지. 식사 때가 되어도 밥은 전혀 안 먹고 그저 술만 정신없이 퍼마시는 버릇을."

"하하하!"

별로 우습지 않은 이야기에도 세 사람이 대소를 터뜨리는 가운데 장인의 잔소리가 이어졌다.

"이제부터라도 그러지 말고 우선 밥부터 단단히 챙겨 들고 술을 마셔도 늦지 않네. 건강도 건강할 때 챙겨야지. 이 나이 되면 다 헛일일세."

"알겠습니다, 장인어른. 그런 의미에서 한 잔 주시죠, 장인어른."

"하하하!"

"뭐야? 예끼, 이 사람아! 자네가 먼저 장인에게 술 한잔을 올려야지 그 무슨 버릇인가?"

"농담이었습니다, 장인어른!"

정중히 사과하며 병호가 박춘보의 잔에 술을 넘치게 따르자 다른 사람들도 서로의 잔에 술을 따르기 시작했다. 이런 소란 속에서 병호가 든 술병을 빼앗아 든 박춘보가 정색을 하고 말했다.

"자네같이 훌륭한 사위를 본 덕에 대한제국의 십 대 부호 반열에 오를 수 있었네. 진정 감사하고 고마운 일이야. 이 자리 빌려 진심으로 감사한 마음을 전하네."

"별말씀을요."

"진심이고, 자네 덕에 누리는 호사를 생각하면 어찌 그를 말로 다 표현할 수 있겠는가? 이곳에 부임하는 감사고 군수고 간에 다 우리 집부터 찾아 인사를 하니 이게 다 자네 덕이 아니면 누구 덕이겠는가? 그렇지만 한 가지 단점도 있어."

"네?"

"목에 너무 힘을 주고 다니다 보니 이젠 그게 버릇이 되어 목이 좌우로 잘 움직이질 않아."

"하하하!"

"참 내, 장인어른도……."

병호가 어이없는 웃음을 짓는 가운데 장인이 뒤늦게 병호의 잔에 술을 따르며 말했다.

"우리 사위가 지금과 같이만 해준다면 나는 여한이 없네.

내가 죽은 후라도 우리 대한제국이 세계만방을 호령할 것이고, 1등 국민으로서 세계 어느 나라를 가더라도 배에 힘주고 다닐 수 있을 것이니 이 얼마나 자랑스럽고 뿌듯한 일인가?"

다 따른 술병을 내려놓으며 장인이 계속해서 말을 이었다.

"그도 그렇지만 그 무엇보다 속이 제일 시원한 일은 세계 곳곳에 영토가 있다는 것은 제쳐놓더라도 저 상국으로 받들던 청나라 놈들마저 발치 아래 꿇리고 저 왜놈들마저 설설 기게 만들었으니 이 얼마나 통쾌한 일인가! 하하하! 그런 일을 생각하면 지금도 꿈인가 생시인가 하여 자다가도 벌떡 일어나 내 살을 꼬집어본다네. 하하하!"

어느새 스스로 도취되어 눈물마저 찔끔거리는 장인을 보고 있노라니 병호의 기분도 매우 좋아졌다. 이때 방문이 조심스럽게 열리며 장모의 얼굴이 보였다.

"순영이 아부지, 나 들어가도 돼요?"

"아, 지금이 어느 시절인데 내외를 하고 있어? 어서 들어와. 다른 자리도 아니고 모처럼 사위를 대하는 날인데."

"고마워요."

장사를 하다 보니 누구보다 깬 장인의 말에 방으로 들어와 다소곳이 병호의 옆에 한 무릎 세우고 앉은 장모가 병호를 보고 말했다.

"어서 쭉 한잔하고 나도 한잔 주시게나."

"이 사람이, 그러려고 들어왔어?"

"사위 술 한 잔 얻어 마시는 게 큰 흉인가요, 뭐?"

"알았어. 알았으니 어서 한 잔 마시고 나가."

"아직 한 잔도 안 마셨는데 벌써 쫓기예요?"

그사이 잔을 단숨에 비운 병호가 입가를 쓱 닦으며 말했다.

"그러지 마시고 오늘은 이 얘기 저 얘기 나누며 함께 계시죠."

"여봐요. 우리 사위가 최고지."

"하하하!"

"그러나저러나 장모님."

왜 그러느냐고 장모가 말없이 바라보자 병호가 곧장 술을 따르며 말했다.

"어찌 장모님 손에 금반지 하나 없습니까?"

"말 한번 잘했네. 저 양반이 말로는 자신이 뭐 대한제국에서 열 손가락 안에 드는 갑부니 뭐니 떠들어도 얼마나 짠돌이인지. 글쎄, 처음 시집올 때 해준 은가락지마저도 사업한답시고 초장기에 팔아먹더니 그나마도 영 그만일세. 그러니 백날부자면 뭘 하나? 촌 아낙만도 못한 것을."

"이는 장인어른의 잘못이라기보다는 제 잘못이 더 크네요.

그만큼 장인어른이나 장모님께 신경을 쓰지 못했다는 방증이
니 면목 없습니다. 이보시게, 세 사람!"

"네, 각하!"

"이 자리에서 즉각 추렴해!"

"네?"

"아, 장모님 반지와 목걸이 좀 만들어 드리려 하니 각자 알
아서 돈 좀 내."

"그럼 우리 돈으로?"

"그 주머닛돈이 내 돈이고 내 돈이……"

"아, 정말! 부자가 더 구두쇠라니까!"

투덜거리면서도 주머니를 뒤적여 주섬주섬 저화를 꺼내놓
는 셋을 본 병호가 손을 저으며 말했다.

"그 말은 농담이고, 내 내일 당장 세공사 불러 장모님이 원
하는 대로 금가락지, 은가락지, 목걸이, 심지어 원하시면 발찌
까지 해드릴 테니 정보부장은 내일 새벽 당장 금은방 주인부
터 부르도록 하시오."

"네, 각하!"

"아이고, 사위 덕에 늙어 호강하게 생겼네."

장모의 말을 들은 장인 박춘보가 쓰게 웃었다.

이제야 마누라가 평생 반지 하나 없이 산 것이 눈에 들어온
까닭이다.

다음 날.

병호는 아침 일찍부터 강경 읍내의 제일 큰 금은방 주인을 불러 다섯 돈짜리 반지를 맞춰 드렸고, 가져온 열 돈짜리 금목걸이는 즉시 패용시켜 드렸다.

장모는 싱글벙글하면서도 그 무게에 목이 아프다고 너스레를 떨고 다녔다.

그런 속에서 칠순 상을 받은 박춘보에게 그 자손들이 그에게 차례로 절을 하는데 병호네 자식 중에는 여덟 살인 막내딸 하나만이 절을 했다. 그녀에게는 언니와 오빠가 있었으나 둘 다 이 자리에는 참석하지 않았다.

언니는 올 스물한 살로 내려오기 싫다며 어머니의 강권에도 한양 집에 남았다. 그리고 오빠는 금년 18세로 군복무 중에 있어 당연히 올 수 없었다. 그래서 그녀는 배다른 언니, 즉 20세인 지홍의 딸과 함께 이 자리에 참석했으나 그녀는 절을 할 이유가 없어 박춘보에게 절을 하지 않으니 자신 혼자하게 된 것이다.

아무튼 이렇게 가족들의 절이 끝나자 그때부터 본격적인 칠순 잔치가 열렸다.

그런데 문제는 너무 많은 내각, 또는 지방의 고위직들이 찾아온 바람에 박춘보는 잠시도 엉덩이 붙일 새가 없었다는 점이다.

총리 김병호는 절대 장인의 칠순 잔치를 주변에 알리지 않았다. 그런데도 많은 내각의 대신들과 고위 관리, 심지어 지방의 요직에 있는 자들까지 찾아와 문전성시를 이루니 병호는 이런 세태에 쓴웃음을 짓고 바로 한양으로 올라가 버렸다.

아무리 세상인심이 그렇다지만 유쾌한 기분은 아니었기 때문이다.

*　　　*　　　*

이렇게 병호가 일찍 한양으로 올라오자 이튿날 올라온 부인 순영 사이에 부부 싸움이 일어날 수밖에 없었다.

"어찌 사람이 그럴 수 있어요?"

"무슨 소리야?"

"장인의 칠순 잔치에 하루 종일 있지는 못할망정 아침 일찍 올라오다니요? 누가 보면 장인을 무시하는 것밖에 더 돼요? 아니, 우리 집안을 무시하는 것이지. 흥!"

"그건 부인이 오해한 거요. 정말 내 성정을 몰라서 그러는 것이오? 만약 내가 하루 종일 그곳에 붙어 있으면 아첨하러 온 놈들의 인사받기 바쁠 것이고, 그렇게 되면 온 나라에 어떤 소문이 나겠소? 지금은 옛날과 시대가 달라 바로 신문에

대문짝만 하게 기사가 나서 내 처지가 곤란해졌을 것은 생각
지 않소?"

"흥! 백번 양보하여 그건 그렇다 쳐도, 늙은 처녀는 언제 치
울 작정이에요?"

"말을 해도 늙은 처녀가 뭐요? 노처녀면 노처녀지."

"어쨌거나 스물한 살씩 되도록 시집도 안 보내고 도대체 어
찌할 작정이세요?"

"올해가 가기 전에 보냅시다."

그제야 순영의 목소리가 한결 잦아들었다.

"어디 적당한 혼처라도 있는 거예요?"

"이제부터 알아봐야지."

"참 내……."

"내 성질 몰라서 그러오? 마음만 먹으면 금방 해치울 수 있
소."

"알았으니 제발 빨리 좀 치워줘요. 괜히 신식 공부는 시켜
가지고 아이가 헛바람만 든 것 같아요."

"말을 해도, 기왕이면 기존 조선 여성과 달리 깨었다고 표
현하면 어디가 덧나오?"

"어쨌거나 올해는 꼭 시집보내는 거예요?"

"물론이오. 내가 결심한 이상 저 아이가 반대를 해도 강제
로라도 보낼 테니 안심하시오."

"당신이 그렇게 말하니 이제 좀 안심이 되네요."

"자, 그럼⋯⋯."

그길로 자신의 거처로 돌아온 병호는 새삼스럽게 큰딸아이의 혼처를 물색하기 시작했다.

이튿날.

병호는 출근하자마자 정보부장 이파를 불러 한 가문에 대한 정밀한 내사는 물론 내심 점찍은 한 인물에 대해서도 상세히 조사하도록 지시했다.

그로부터 일주일 후.

병호가 출근하자마자 이파가 집무실로 들어왔다.

"무슨 일이오?"

"일전에 지시하신⋯⋯."

"거 앉아요."

소파에 이파를 앉힌 병호 또한 그의 맞은편 자리에 가 앉았다.

"그래, 흠결은 없었소?"

"당사자야 아직 어리니 문제가 없었으나 한 가지 이상한 점은 신식 교육을 전혀 안 받고 있다는 점입니다."

"흐흠! 그렇다 치고, 부친은?"

"생각보다 많은 재산을 축적하고 있었습니다."

"어떻게 치부한 것인지 조사했소?"

"갑부들에게 난 친 그림을 팔았습니다."

"그 버릇을 아직도 못 버렸군. 그 외에 다른 문제는 없는 거지요?"

"네, 그렇습니다, 각하."

"알겠소. 헌데 요즈음 일본은 어찌 돌아가고 있소?"

"내란 일보 직전입니다. 서로 세를 규합하고 있는 중입니다, 각하."

"알겠소. 특이 동향이 있으면 바로 보고하도록."

"네, 각하."

"그만 나가보오."

"네."

짧게 답한 이파가 이내 물러갔다.

병호는 곧바로 비서실장을 통해 부총리 이하응을 호출하도록 명했다.

그로부터 채 2각이 되지 않아 이하응이 병호의 집무실로 들어섰다.

"부르셨습니까, 각하?"

"거 앉아요."

자리를 권한 병호는 다른 때와 달리 권위를 세우기 위함인지 소파로 가지 않고 자신의 집무용 책상에 앉아 그와의 대화를 시작했다.

"그 버릇을 아직 못 버린 게요?"

"네? 무슨 말씀이신지······."

너무나 뜬금없는 질문에 이하응이 감을 못 잡고 버벅거렸다.

"아직도 난 그림을 팔고 있다면서요?"

"아, 그거야······."

당장 답변이 생각나지 않는지 머리를 긁적이던 45세의 이하응이 곧 겸연쩍은 얼굴로 답했다.

"12세에 모친을, 17세에 부친을 여읜 뒤 사고무친(四顧無親)의 낙박 왕손으로서 세도가들의 눈치를 보며 가난한 시절을 보낸 탓인지 스스로 생각해도 재물욕이 강한 것 같습니다."

"부총리의 녹만으로도 충분히 살 수 있을 텐데 왜 아직 그런 짓을 하오. 아무래도 그런 짓을 하게 되면 그들의 부탁 또한 들어주지 않을 수 없으니 그게 곧 정경유착이고 비리의 온상이 되는 것이오."

병호의 강한 질책에 이하응이 곧 꼬랑지를 내렸다.

"유구무언이옵니다, 각하."

"당장 오늘 저녁에 받은 돈을 전부 돌려주시오. 하면 내 그만한 재산을 떼어줄 테니까."

"아무 이유 없이 각하로부터 돈을 받는다는 것도······."

"왜 이유가 없소? 우린 곧 사돈지간이 될 터인데 그만하면 충분한 이유가 되질 않겠소?"

"네?"

이 또한 전혀 생각지 못한 발언인지라 잠시 멍한 표정이던 이하응이 잠시 전후를 헤아리더니 질문을 던졌다.

"하시면 각하의 따님을……?"

"그렇소. 내 큰딸아이를 둘째 아들 명복(命福)에게 시집보내려 하오."

"왜 하필 둘째 아이인지……."

이하응에게는 원역사에서 고종이 되는 명복 외에도 그의 형과 서장자가 있었다.

"이유는 더 이상 묻지 말고, 좋소, 싫소?"

"당연히 저야 찬성이지요."

"좋소, 빠르게 추진하여 올 봄이 가기 전에 혼례를 올리는 것으로 합시다."

"알겠습니다, 각하."

이로써 양 가문의 혼사가 결정되었다.

세상이 아무리 개화되고 있다지만 가장의 지위는 여전히 절대적이어서 본인이 싫어도 자살을 하기 전에는 시집을 가야 했으므로 열세 살 신랑과 스물한 살 신부가 맺어지게 되었다.

아무튼 병호가 명복을 콕 집어 사위로 삼은 데는 그의 등장으로 인해 원역사가 바뀌는 바람에, 아니었으면 왕통을 이었을 그에 대한 미안함도 일정 부분 작용했다고 볼 수 있었다.

이렇게 되어 양 가문의 혼사가 빠른 속도로 추진되기 시작하는데 다음 날은 내무대신이 찾아와 전에 명한 100세 이상 된 조선의 노인을 보고하니 46명이었다.

이에 병호는 내각 의결을 통해 그 노인들에게 쌀 열 섬을 축수의 뜻으로 내렸다.

일부 내각의 의견으로는 최말단 벼슬을 내리자는 안도 있었지만, 실질적 혜택을 주기 위한 병호의 주장으로 그렇게 포상이 된 것이다.

그렇게 세월이 흘러 어느덧 3월 초이틀이 되었다. 내일 삼월 삼짇날이면 큰딸아이가 시집을 가는 날. 병호는 딸아이에게 당부를 하기 위해 모친 순영과 그녀를 부인의 거소로 불렀다.

그런데 마침 지홍도 무슨 일 때문인지 정부인 순영의 거소에 있어 함께 자리를 하게 되었다.

아무튼 머지않아 큰딸아이가 들어오자 병호는 새삼 자신의 딸을 바라보았다.

금년 20세인 지홍의 딸과 마찬가지로 그녀 또한 사범대학을 나왔지만 아직까지 선생으로서는 근무하지 않은 딸아이였다.

그런 딸을 병호가 오늘 따라 유심히 바라보니 비록 아버지임에도 딸아이가 얼굴을 붉히며 주저주저 물었다.

"부르셨어요, 아버님?"

"그래, 거기 앉아봐라."

"네, 아버님."

조신하게 무릎을 꿇고 앉는 딸을 가만히 바라보던 병호가 그녀에게 물었다.

"처음에는 신랑이 어리다고 싫다 했다며?"

"네. 하루가 다르게 변하는 세상인데 너무 고루하다는 생각이 들었습니다, 아버님."

"그 부분에 대해서는 아비로서 미안하게 생각한다. 하지만 때로 당사자에게는 부담이 되는 일도 시켜야 하는 것이 아비의 입장이다."

병호가 잠시 말을 멈추고 침을 삼키더니 말을 이어나갔다.

"그러니 그 부분에 대해서는 더 이상 아비에게 묻지 말고 기왕 결정된 혼사이니 비록 나이 어린 신랑이지만 잘 보필하여 살도록. 특히 아비의 면이 깎이는 일 없도록 처신을 잘하도록. 아비의 말, 무슨 뜻인지 잘 알겠지?"

"네, 아버님."

"당신도 할 말 있으면 하오."

벌써부터 눈물이 그렁그렁하던 정부인 순영이 옷고름으로 눈물을 훔치며 말했다.

"부디 잘살라는 말 외에 제가 무슨 할 말이 더 있겠어요. 흑흑흑!"

끝내 울음을 터뜨리는 어머니에게 다가가 손을 꼭 잡으며 위로의 말을 건네는 큰딸아이였다.

"엄마, 잘살 테니 너무 걱정하지 마세요."

"그래, 나는 네가 부모 걱정 안 끼치고 잘살 것이라 믿는다."

이때였다. 지홍이 한숨을 내쉬며 말했다.

"에효, 나는 부럽기만 하네요. 기생의 딸이라고 그런지 내 딸은 스무 살이 되도록 시집보낼 궁리조차 하지 않으니……."

"무슨 말이 그러하오?"

병호의 말에도 지홍이 지지 않고 따지고 들었다.

"안 그러면 왜 아직도 시집보낼 생각을 안 하세요?"

지홍의 말에 병호가 얼결에 답했다.

"알아보고 있는 중이니 너무 걱정 마시오."

"고맙네요. 그런 줄도 모르고 난… 흑흑!"

지홍이 끝내 눈물까지 보이자 병호가 그녀를 다독였다.

"늦어도 올해 가을이 가기 전에는 시집보낼 테니 너무 걱정 마오."

"고마워요."

이렇게 병호는 다음 날 큰딸을 시집보내게 되었다.

그로부터 삼 일 후.

궁에서는 34인에 대한 전시(殿試)가 개최되었다. 그런데 한 가지 특이한 점은 71살이 된 이휘복(李輝復)이라는 노인에게도 전시를 볼 자격을 주었다는 점이다.

원래 이휘복은 복시에는 떨어졌으나 고령에도 불구하고 초시에 합격한 점을 기특하게 여긴 태왕태후 조 씨의 특별 배려로 전시를 볼 자격을 준 것이다.

그래서 통상 33인이 참여하는 전시가 34인으로 불어난 것이다.

어쨌거나 이 과거에 병호는 일절 관여하지 않았다. 궁의 인력이 모자라는 점을 감안하여 총무처에서 과거를 주관케 했지만 합격이고 뭐고 일절 관여하지 못하도록 한 것이다.

그 결과 때문인지 이튿날 발표된 등위에는 태왕태후 조 씨가 말한 자신의 조카 조성하(趙成夏)가 2등으로 발표되는 기현상이 발생했다.

실제 그의 실력이 그렇게 되는지는 알 수 없지만, 병호가 생각할 때는 태황태후 조 씨의 입김이 많이 작용한 결과가 아닌가 하는 생각을 했다.

이런 속에서 다음 날은 정보부장 이파가 찾아와 일본의 동향이 심상치 않다는 내용을 보고해 왔다.

『조선의 봄』 8권에 계속…

초대형 24시 만화방

신간 100%, 샤워실, 흡연실, 수면실(침대석), 커플석, 세탁기 완비

▪ 시흥 정왕25시점 ▪

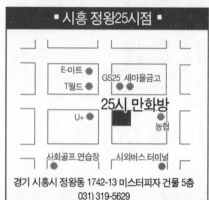

경기 시흥시 정왕동 1742-13 미스터피자 건물 5층
031) 319-5629

▪ 강북 노원역점 ▪

서울 노원구 상계동 340-6 노원역 1번 출구 앞 3층
02) 951-8324 (화용빌딩 3층)

▪ 일산 정발산역점 ▪

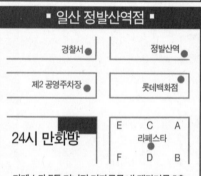

라페스타 E동 건너편 먹자골목 내 객잔건물 5층
031) 914-1957

▪ 일산 화정역점 ▪

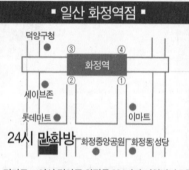

경기도 고양시 덕양구 화정동 984번지 서일빌딩 7층
031) 979-4874 (서일사우나 건물 7층)

▪ 부천 역곡역점 ▪

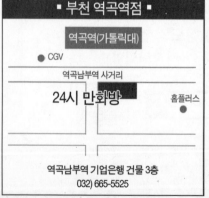

역곡남부역 기업은행 건물 3층
032) 665-5525

▪ 부평역점 ▪

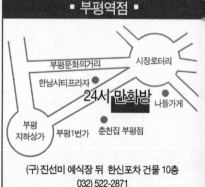

(구)진선미 예식장 뒤 한신포차 건물 10층
032) 522-2871

FUSION FANTASTIC STORY

RPM 3000

가프 장편소설

RPM(Revolution Per Minute: 분당 회전수)!
150km/h 160km/h?
이제는 구속이 아니라 회전이다!!

여기 엄청난 빅 유닛과 환신(換身)에 성공한 사내가 있다.
그 이름, 황운비!

훈련은 *Slow and Steady*,
시합은 *Fast and Strong!*

꿈의 RPM 3000을 찍는 패스트 볼을 장착하고
메이저리그를 종횡무진 누빈다!

Book Publishing CHUNGEORAM

유행이 아닌 자유추구 -
WWW.chungeoram.com

게임볼

설경구 장편소설

FUSION FANTASTIC STORY

무명의 야구인이었던 남자,
우진이 펼치는 야구 감독으로서의 화려한 일대기!

『게임볼』

"이 멤버로 우승을 시키라고?"

가상 야구 게임,
게임볼을 통해 인생 역전을 꿈꾸는

한 남자의 뜨거운 행보에 주목하라!

Book Publishing CHUNGEORAM

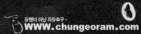